Con la miel en los labios

Esther Tusquets

Con la miel en los labios

EDITORIAL ANAGRAMA
BARCELONA

Portada:
Julio Vivas
Ilustración de Ángel Jové

Primera edición: noviembre 1997
Segunda edición: noviembre 1997

© EDITORIAL ANAGRAMA, S.A., 1997
   Pedró de la Creu, 58
   08034 Barcelona

ISBN: 84-339-1065-5
Depósito Legal: B. 47303-1997

Printed in Spain

Liberduplex, S.L., Constitució, 19, 08014 Barcelona

CAPÍTULO UNO

Aunque algunos de ellos habían concluido ya la carrera y acudían sólo a la universidad para estudiar en la biblioteca, trabajar en los seminarios, terminar los cursillos de doctorado o impartir alguna asignatura de los primeros cursos, y otros, como era el caso de Xavier y Arturo, no habían pasado siquiera por ella, se seguían reuniendo a últimas horas de la mañana, finalizadas las clases y antes de regresar a casa para el almuerzo, en el bar de la Facultad. Para hablar, y llevaban años haciéndolo, de todo —o de casi todo, porque los temas tildados de frívolos y el chismorreo quedaban en teoría, que no en la práctica, excluidos—, pero en especial de filosofía, de literatura y de política. No ya propiamente, allí y entonces, para conspirar, aunque adoptaban y arrastrarían luego durante largo tiempo, unos más que otros, un halo romántico y densamente literario de conspiradores, y aunque rememoraban con fruición batallitas solitarias o compartidas (Andrea le confesaría a Inés, cuando se hicieron tan amigas, que le parecían un punto anacrónicos, muy años sesenta, tomándolo todo, tomándose a sí mismos,

tan terriblemente en serio y discurseando permanentemente ex cátedra, y que los llamaban los estudiantes
más jóvenes, y palabra que el mote no lo había inven-
tado ella, «los últimos progres»), mientras bebían vino peleón, o agua sin gas, y fumaban sin parar tabaco
negro.

Aunque en la mesa reservada a últimas horas de la
mañana a los miembros del grupo (era muy raro que
estudiantes despistados o iconoclastas la hubieran
ocupado antes y les forzaran a ellos a trasladarse a una
mesa vecina) se congregaran con frecuencia diez o
más personas, la plana mayor, o sea aquellos que habían iniciado la tertulia años atrás y no faltaban a ella
apenas nunca y habían adquirido el derecho consuetu-
dinario a decir la última palabra y a aceptar un nuevo
miembro –aquellos también a los que con más gracia
parodiaría Andrea–, eran sólo cinco. Una muchacha
flaca, que se llamaba Pilar y que estaba preparando
oposiciones a archivos, no propiamente fea –tenía
unas facciones regulares y unos bonitos ojos casta-
ños–, pero obstinada en vestir de forma permanente
prendas oscuras –suéters y tejanos– que parecían sa-
cadas del ropero de una parroquia, prueba irrefutable
de que su aspecto físico le traía sin cuidado, y que no
reía nunca ni alzaba nunca la voz, aunque podía en
ocasiones decir cosas terribles en voz queda y sin alte-
rar el gesto. («¿De veras crees, Inés, que es imprescindible tanta seriedad y tanta cutrez para hablar de filosofía o hacer la revolución?», inquiriría Andrea.) En
cuanto Pilar lograba tomar pie en una palabra de cualquiera de los asistentes, lanzaba un discurso exhausti-

8

vo sobre la materia de la que se tratara: podían ser los bolcheviques en los años veinte, la reforma agraria en la Segunda República, las tesis de Engels o la invasión de la filoxera. Pilar, que no hablaba apenas de sí misma y de cuya vida sabían todos poquísimo –sólo que procedía de un pueblecito del Ampurdán donde su padre ejercía de maestro y que era la mayor de cuatro hermanas–, funcionaba a menudo como un ordenador: pulsabas inadvertidamente una tecla y se te venía encima un alud de información, una genuina disertación magistral, libre sin duda de errores y pletórica de datos comprobados y precisos, pero mortalmente aburrida, por lo aséptica e impersonal, y porque ya el tono de voz de la muchacha predisponía al sopor.

Otro de los asiduos, a pesar de que se había incorporado al grupo en fecha reciente y de que no había pasado por aquella ni por otra universidad, era un poeta aragonés. Lo había conocido Pilar en un pueblo grande cercano a Zaragoza –donde constituía un exótico espécimen de anarquista libertario y gloria literaria local–, en la sesión de un congreso de escritores donde leía él una ponencia y a la que había ido a caer ella un poco por casualidad. A pesar de que resultaba difícil imaginar dos caracteres más contrapuestos, se habían caído bien enseguida –impresionada Pilar por la pureza y radicalidad de las manifestaciones del poeta, y seducido él no sólo porque lo tomaran tan en serio, sino también porque algo en la muchacha, imposible definir qué, le resultaba conmovedor–, y la flaca se había traído consigo a Barcelona un par de artículos encendidamente heterodoxos y un puñado de poemas, algunos de los cuales había conseguido que se publicaran en una revista literaria de breve tirada y reducida difusión –en la que obviamente no habían pagado jamás un duro a ninguno de sus colaboradores–, pero con indudable prestigio en el medio universitario, sobre todo en los departamentos de español de Estados Unidos. Y, ante este éxito inesperado y rapidísimo, el poeta se había liado la manta a la cabeza y había decidido abandonar el terruño –en su caso, la tintorería de su padre, en la que tenía un trabajo duro y no muy bien remunerado, pero seguro, y que posiblemente hubiera heredado algún día–, para lanzarse sin demora a la conquista de la capital. De modo que había metido sus escasos bártulos personales, sus muchos manuscritos y algunos libros en un par de maletas de cartón, y se había subido, con su novia preñada de tres meses, a un tren de mercancías que paraba en todas las estaciones –hasta tiempo daba de bajar a comprar cigarrillos o a comer un bocadillo–, no sin antes haberle enviado un telegrama a Pilar: «Salgo hacia Barcelona. Llegaré mañana. Búscame buhardilla. Arturo.» Y la muchachita ordenador, sabedora de que habían desaparecido desde hacía mucho en la ciudad las románticas buhardillas de módico alquiler para el uso de artistas bohemios, enamorados de sus respectivas Mimís –era una suerte que la novia del poeta no padeciera una tisis galopante, sino sólo una incipiente gestación–, había alquilado provisionalmente para la pareja –en la residencia donde ella se alojaba había únicamente chicas y no podían admitirlos– la planta baja de un edificio situado en uno de los barrios periféricos de la ciudad, con las paredes rezumantes de humedad, escasísima luz natural, por no decir ninguna, las tuberías permanentemente atascadas y la cocina en mal funcionamiento: ese piso y sus habitantes era el contacto más próximo que mantenía el grupo con el proletariado. Arturo sí tenía, físicamente, cierto parecido con los artistas románticos: muy flaco, con unos brazos y unas piernas tan blancos que casi daban grima, porque no llevaba nunca camisas o camisetas de manga corta ni shorts y no les tocaba apenas el sol, y con una barba negra y tupida, a menudo maloliente, porque fumaba sin tregua unos puros tan cutres y proletarios como la vivienda –intentaría en una época sustituirlos por la pipa, más acorde con la imagen que tenía de sí mismo, pero no lograría acostumbrarse, porque resultaba infinitamente más incómodo–, en la que quedaban prendidos a veces unos granos de arroz, unos pedacitos de espaguetis, la espuma de la cerveza o del café, para apuro de Inés y regocijo de Andrea.

La conquista de la capital no había resultado tan fácil, o por lo menos no tan rápida, como él esperaba, de modo que la vivienda provisional había quedado como vivienda definitiva, y la novia, primero con un embarazo ya avanzadísimo, y luego con un bebé de meses y otro en camino, había empezado a trabajar como cajera en un supermercado del barrio, y no le quedaban ánimos para acompañar a Arturo a la tertulia del bar de la Facultad ni casi a ninguna otra parte. Si Pilar lo sabía todo, o casi todo, de las materias que le interesaban, Arturo era autodidacta (su padre no había permitido siquiera que terminara la enseñanza secundaria y lo había metido ya a los catorce años a trabajar en la tintorería), y campos de amplísima cultura alternaban con lagunas inesperadas, como las debían de tener también sin duda los otros miembros del grupo, sólo que a él le desesperaban. Había leído montañas ingentes de libros, todos los que habían caído en sus manos, y, en la trastienda del negocio familiar y luego en el casino, había ido elaborando unas ideas clarísimas, que a estas alturas de la vida –acababa de cumplir veinticinco años– no estaba muy dispuesto a poner en duda o a modificar. (A menudo fantaseaba con delectación cuáles serían sus punzantes respuestas –caso de que lo entrevistaran en *El País* o en *La Vanguardia,* no en revistillas académicas o marginales– sobre todo lo divino y lo humano.) Por ejemplo, Arturo tenía la convicción de que la Segunda República habría debido ajusticiar, sin juicio previo, a doscientos setenta mil reaccionarios, repartidos entre curas, militares, burgueses y aristócratas –a Andrea la sorprendía que nadie se animara nunca a preguntar a qué obedecía la cifra de doscientos setenta mil, y por qué no redondearla en doscientos cincuenta o en trescientos–, para que nos hubiéramos librado de los horrores de la guerra civil, del desastre de la derrota (era una guerra, en eso coincidían todos, que no se podía perder) y de los casi treinta y cinco años de franquismo. Arturo no aceptaba jamás –o tal vez fuera incapaz de detectarlos– gradaciones ni matices: lo mismo daba la guerra que los primeros años de la dictadura, con tanta hambre y tanto miedo y tanta muerte, que los momentos actuales. De hecho, Arturo el catastrofista, Arturo el apocalíptico, prefería siempre lo más duro, el mal extremo e intolerable, porque de ahí cabía esperar que surgiese la revolución, mientras que estar algo mejor, o creer boba o maliciosamente que se estaba mejor, abocaba de forma automática e inevitable al conformismo. A Arturo, que era incapaz de matar un ratón, que se largaba de niño al otro extremo del pueblo cuando llegaba el momento de ajusticiar al cerdo, que hasta problemas tenía para exterminar las cucarachas que campaban a sus anchas por la vivienda, a Arturo, capaz en cambio de percibir en un primer encuentro algo entrañable en una chica como Pilar, la quema de brujas (siempre que fueran las auténticas y no las equivocadas) y los fusilamientos sumarios le parecían dolorosos pero justificables. Prefería Hitler a Franco, Franco a Fraga Iribarne, prefería Pío XII a Juan XXIII: la situación era sin duda más clara y uno sabía con certeza quiénes eran los que estaban en la mira de su fusil. Y, dado que cualquier aparente progreso constituía una trampa falaz en la que caían los ingenuos, los mal informados y los tibios que estaban deseando que se la tendieran para precipitarse de cabeza en ella, dado que los idealistas incompetentes de la Segunda República, desconectados de la realidad del país, habían desperdiciado una posibilidad y nos habían jodido a todos vivos, lo único que ahora restaba era poner una bomba en la comisaría central de policía o agarrar el trabuco y los escritos del Che y lanzarse al monte para iniciar una lucha de guerrillas.

Ese discurso del poeta aragonés (que en las reuniones del Partido podía entorpecer cualquier proyecto o

13

abocarlo a un callejón sin salida, de modo que todos admiraban su honestidad y su indiscutible buena fe, pero preferían que no participara en las sesiones) dejaba al grupo de universitarios perplejos y desasosegados, porque, a pesar de que se creían a la izquierda de todas las izquierdas imaginables –a la izquierda del Partido, a la izquierda de los figurones de la *gauche divine*–, no disponían de trabucos –los trabucos, como las buhardillas para artistas bohemios y muchachitas tísicas o en mal momento embarazadas, habían pasado a mejor vida, y oír hablar de ellos despertaba en Andrea inoportunas imágenes de los bandoleros de Curro Jiménez– ni de ningún otro tipo de armas de fuego, y, caso de conseguirlas, no habrían sabido siquiera utilizarlas: habían pasado, muchos de ellos, por el despropósito del servicio militar, pero habían aprendido poco allí acerca del uso de las armas y de la táctica de guerrillas. No tenían siquiera idea de a qué monte deberían, según Arturo, subir. De modo que seguía a su inflamada arenga –en las reuniones del Partido y en la tertulia de la universidad– un silencio, tras el cual pasaba a hablarse de otras cuestiones. Hasta que un día, recién incorporada al grupo Andrea, y a pesar de que no solía allí abrir la boca, se le escapó una broma tonta: «Si de subir al monte se trata, vosotros ya estuvisteis en Montserrat...» Y se dio cuenta enseguida de que no sólo había dicho una bobada, sino una grave inconveniencia. «A Montserrat no fue ninguno de nosotros», recalcó cada palabra con voz enojada Xavier, otro de los miembros destacados del grupo. «Lo estuvimos discutiendo horas enteras y decidimos que lo

14

correcto era no subir.» «La verdad», se había sentido obligada a puntualizar Pilar, aunque nada la complacía tanto como confundir a Andrea y dejarla en mal lugar, «es que, para cuando nosotros lo supimos y nos reunimos para hablarlo, la policía había tomado ya la montaña y estaban cortados todos los caminos para subir o bajar del monasterio.» «A Montserrat», había subrayado con acritud el poeta aragonés, «subieron tipos como tu padre y sus amigos, ricos y famosos, gente guapa, con ganas de destacarse y de dar que hablar. Se encerraron en el monasterio como van a Bocaccio todas las noches o se reúnen en tu casa para ver películas de Eisenstein o reportajes sobre la revolución cultural china. Y para colmo», había añadido con maldad, «a tu papá le salió el tiro por la culata, porque no apareció su nombre en ninguna de las listas que dieron, aquí y en el extranjero, los medios de comunicación.»

Y Andrea había callado que, si su padre no apareció en las listas, fue porque no participaba en el encierro, aunque a él sí lo habían avisado a tiempo y presionado a tope para que subiera sin trabuco al monte, y le habían faltado simplemente el coraje y los redaños, no para afrontar la cárcel o los malos tratos –reservados a personajes menos destacados–, sino para arriesgarse a los reproches de los socios de la constructora y a la posible pérdida de clientes más o menos próximos a los organismos oficiales. El padre de Andrea se había quedado pues en casa, tumbado en la cama, siguiendo el curso de los acontecimientos a través de emisoras de radio extranjeras –porque lo cierto era que el encierro de artistas e intelectuales tan destacados había resultado sonado, y nadie comprendía que hubiera sido factible montar un acto de aquella envergadura sin que la policía se enterara–, mordiéndose las uñas y bebiendo whisky hasta perder el sentido, bajo la mirada sarcástica, implacable, de su mujer, que bebía tanto o más que él, pero lo soportaba mejor.

Y el día en que tuvo la pésima ocurrencia de interrumpir a Arturo con aquella pregunta inoportuna, había agregado Andrea: «Pero hubo allí, por lo que me han contado, personas que sí corrían un riesgo real.» Y Arturo: «Ya se vio luego: les requisaron los carnets de identidad a la salida del monasterio, tuvieron que ir a declarar a la comisaría, donde los trataron con guante blanco, y se quedaron unos pocos días sin pasaporte hasta abonar una multa ridícula.» Y había intervenido, contundente y desdeñosa, Pilar: «El colmo fue que tuvieron las narices de pedir dinero a otros, incluso a obreros, para pagar la multa que les habían impuesto.» Y Andrea, desconcertada: «Pero bueno, lo cierto es que estaban a punto de ajusticiar a cinco o seis tipos, tras un juicio sumarísimo, y que finalmente no se animaron a hacerlo, y es posible que en algo ayudara el encierro en Montserrat, ¿o no?» Y todos, menos tal vez Inés, se habían encogido de hombros o habían sonreído con suficiencia, y se había quedado Andrea sin saber a ciencia cierta si consideraban que el encierro había sido de verdad inoperante o si, ante los sacrificios enormes que imponía la marcha de la revolución, cinco o seis vidas más resultaban totalmente irrelevantes.

Otro de los miembros fijos y destacados de la tertu-

16

lia era Xavier. A Xavier lo había ingresado su madre
–viuda de un campesino relativamente acomodado de
un pueblecito leridano– en el seminario a los diez
años, porque era el chico muy espabilado, al decir del
maestro, y se le iban las horas muertas leyendo cuanto
papel impreso caía en sus manos, y, muerto el padre y
siendo muchos los hermanos, no disponía ella de medios para hacerle cursar estudios en otro lado. Xavier
había tenido que abandonar pues, todavía muy niño, a
su familia, y sustituir la casa campesina por un edificio enorme, gélido, pretencioso y oscuro, que sólo
abandonaba en los períodos, siempre breves, de las vacaciones. Pero si en un comienzo debió de resultarle
duro habituarse a convivir entre gente extraña, transcurridos un par de años empezó a encontrarse bien
allí. También los curas, como antes el maestro, se hacían lenguas sobre su despierta inteligencia y lo muy
aprisa que aprendía –había dominado muy pronto el
griego y el latín, se estaba iniciando en el hebreo, y
destacaba invariablemente en todas las cuestiones filo-
sóficas y teológicas– y lo acendrado de su vocación. Y
estaban cursando ya la solicitud al Vaticano para que,
en vista de sus prendas, pudiera ordenarse sacerdote
antes de la edad mínima reglamentaria, y la madre no
cabía en sí de gozo y de orgullo, sin el menor temor a
que algo fallara en el montaje de la historia –montaje
donde el protagonista apenas había tenido ocasión de
participar–, y se habían confeccionado trajes nuevos
para toda la familia, y pensaban todos que nunca se
habría oído en el modesto púlpito pueblerino sermón
más elocuente y brillante –brillante sí lo era, pero,

17

caso de haberse llegado a pronunciar, nadie en el pueblo habría entendido siquiera la mitad de la mitad–, cuando, pocos días antes de la ordenación, Xavier se fugó del seminario, o, según las malas lenguas –la verdad del caso no llegaría nunca a saberse con certeza–, fue expulsado por los curas, al descubrir su apasionada y en absoluto casta relación con otro seminarista todavía más joven que él, rubio, hermoso y devoto como un ángel de la guarda.

Y, dado que el escándalo dentro de la comarca había sido mayúsculo, Xavier no quiso regresar al pueblo y reanudar, diez años después, su vida en la casa familiar, donde no había, por otra parte, actividad alguna que él, versado en lenguas muertas, en complicadas disquisiciones teológicas y en la interpretación de las Sagradas Escrituras, pudiera desempeñar. Bajó pues a Barcelona y alquiló un cuartucho interior en una pensión de mala muerte. Sin embargo, tal vez por su aspecto serio y agradable, por sus excelentes modales, por la solidez de sus conocimientos –o, al decir de Arturo, por su excelente dominio del catalán y por su buena suerte–, no le resultó difícil abrirse camino. Consiguió muy pronto que le encargaran revisión de estilo y corrección de pruebas en un par de editoriales, después trabajo regular en la Enciclopedia Catalana y por último clases de filosofía y de latín en un colegio de enseñanza secundaria.

Para cuando Andrea se sumó a la tertulia del bar de la Facultad, Xavier disponía de medios para alquilar un estudio agradable, que había amueblado con un buen gusto insospechado, y lo compartía con un amigo tan rubio, dulce y angélico como su compañero de seminario, al que no había vuelto a ver, un muchachito increíblemente etéreo, con unos grandes ojos grises, que no apartaba del objeto de su amor, y una boca carnosa, que no abría casi nunca para hablar, ocupada de forma permanente por una sonrisa de kuros («Está visto que le gustan mudos y bobos», dictaminaría más adelante Andrea), al que, no obstante, apenas conocían, pues, muy discreto Xavier en cuanto concernía a su vida privada, no lo llevaba casi nunca a las reuniones de los amigos. Había publicado también varios artículos impresionantemente densos y eruditos, su nombre empezaba a respetarse en el medio universitario, y, tras solicitarlo por segunda vez, había conseguido que el PSUC ignorara sus más que probables preferencias sexuales y le admitiera entre sus miembros.

«¡Qué interés por integrarse en grupos establecidos!», había exclamado Andrea cuando Inés la puso al corriente de la historia. «De no haberlo descubierto en el seminario, habría llegado a ser un distinguido eclesiástico, sin otros deslices que tontear un poco con los chiquillos de Acción Católica y algunas escapadas secretas a los bajos fondos. Y, de no haber sido homosexual y no haber cometido su madre la aberración de meterlo aún tan niño en el seminario, sería un honorable *pater familias*, saldría a cenar las noches de los sábados con otros matrimonios honorables y compraría todos los domingos un tortel de hojaldre y nata al salir de misa.» E Inés, siempre dispuesta a ver el mejor aspecto de las personas y a salir en defensa de los amigos cuando los consideraba con razón o sin ella amenazados: «Le tienes manía. Te consta que es demasiado inteligente para, fueran cuales fueran las circunstancias, terminar como dices.» Y no era cierto que a Andrea, que lo sabía inteligente y culto y educado, y lo encontraba incluso atractivo, le cayera Xavier mal, aunque había sido demasiado temprana y demasiado prolongada su estancia en el seminario para que se pudieran borrar luego por entero las maneras clericales, que lo hacían en algunos momentos amanerado y untuoso, y, aunque hábil polemista, combinaba con una destreza que a Andrea se le antojaba irritante y tramposa el estilo jesuítico con la disciplina y rapidez adquiridas en las reuniones del Partido. Y reía Andrea: «Pienso que a ti, tan moralista y coherente, la triple militancia de católico, comunista y homosexual debiera resultarte excesiva.» E Inés, echándose a reír a su vez: «Me extrañaría muchísimo que a estas alturas siguiera siendo católico y ni siquiera religioso, pero puedes añadir como cuarta militancia el nacionalismo.»

La cabeza pensante y rectora del grupo del bar de la Facultad, y seguramente su fundador, era Ricard, hijo único de un matrimonio de Palma de Mallorca, de muy buena familia, aunque de limitados medios económicos, que lo tuvieron en edad –especialmente el padre, que oficiaría, más que de padre, de abuelo– ya avanzada. (No dejaría de sorprender a Andrea que casi todos los asistentes asiduos a la tertulia procedieran de fuera de Barcelona.) Ricard había sido criado por su madre como una planta exótica que precisara del más sofisticado de los invernaderos para subsistir, y educado por su padre, hombre muy culto, como si tuviera que emular a los siete sabios de la antigua Grecia o transformarse en el perfecto humanista del Renacimiento. El chico, inteligente y ambicioso, pero estimulado ante todo por el deseo de compensar los desvelos de sus padres por él, había sacado matrícula de honor en casi todas las asignaturas de la enseñanza secundaria –un sobresaliente en matemáticas y un notable en química habían sido vividos como una catástrofe–, y, cuando lo enviaron a Barcelona para que estudiara filología clásica en la universidad, era ya en Palma una gloria local y había leído más libros de los que la mayor parte de intelectuales y letraheridos leen a lo largo de toda su vida. Almacenaba en la cabeza mayor número de datos que Pilar –sobre todo, mucho más heterogéneos–, y, dotado de una memoria tan excepcional que rozaba la patología, era capaz de recitar ristras interminables de sus poetas preferidos, de Shakespeare, de Calderón, de analizar, como si las hubiera leído la noche anterior, los pormenores de todas las novelas importantes del siglo XIX (las del XX le interesaban menos) y de tararear, con voz endeble pero sin equivocar una nota, cualquier fragmento de música clásica. Sabía, aparte de latín, y aunque no había salido nunca de la isla ni había asistido a otras clases que las del instituto, francés, inglés e incluso alemán, y podía seguir obras teatrales o películas en los tres idiomas, aunque le suponía un esfuerzo considerable entender una conversación coloquial. Cuando ingresó Andrea en el grupo, Ricard había concluido una tesis de doctorado sobre las traducciones de Homero al catalán y preparaba oposiciones para una plaza de profesor titular en la universidad.

Andrea no lo soportaba. Detestaba su modo artificioso de expresarse –hablaba bajito y despacio, recreándose en cada sílaba, enfatizando el discurso más banal con estratégicos silencios, que sumían a los estudiantes a los que daba clase en un progresivo y letal sopor– y la sacaba de quicio su hipocondría, porque si el cincuenta por ciento de cuanto hablaba se movía en el ámbito de las más arduas cuestiones intelectuales, el restante cincuenta por ciento se circunscribía, no sólo a sí mismo («reconozco que es un poco autorreferencial», concedería Inés), sino a su estado físico. En las primeras semanas en que Andrea se sumó a las reuniones, sufriría Ricard una dolorosísima tendinitis, que le tendría la espalda destrozada y le haría imposible el menor esfuerzo (había que llevarle la cartera, y casi sostenerle el vaso de agua mineral y los bocadillos); seguiría después la etapa, siempre inconclusa, de las varices, que no tendría él nunca claro si era preferible operar o no operar; pasaría luego por una otitis, también extremadamente dolorosa (se empeñaba en que acercaran todos una oreja a la suya, para oír, como el rumor del mar en una caracola, el silbido que ocasionaba el aire al transitar por el tímpano perforado), que se reduciría, y era previsible, a un simple tapón de cera, que el otorrino extrajo sin la menor dificultad, aunque no habría de morir la cuestión ahí, porque a los dos días abominaba Ricard del otorrino, se empecinaba en que algo muy malo le ocurría a su tímpano e insistía en que aproximaran una oreja para oír el dichoso silbido, momento en el cual Andrea desviaba veloz la mirada hacia otra parte, mientras se planteaba la conveniencia de por vía directa asesinarlo, porque era contraria a la pena de muerte pero no a los homicidios sobradamente justificados; y luego declararía un buen día Ricard –desmoronado en el sofá del bar, con un hilo agónico de voz, entre toses de perro y llevándose en un gesto dramático la mano al pecho– que iba a purgar por fin sus culpas de fumador empedernido –su único vicio, su única flaqueza–, aquejado como estaba –por mucho que los médicos, fuera por incompetencia o para tranquilizarle, o porque se habían conjurado entre sí para llevarle en forma sistemática la contraria– de un cáncer avanzado de pulmón, que habría de llevarle en breve hasta la tumba.

Pendientes desde aquel día todos los contertulios de controlar lo que Ricard fumaba o dejaba de fumar: llevaba él contados en una pitillera de plata que había sido de su abuelo los cigarrillos que le tocaba, en una reducción paulatina del vicio, consumir, y exigía tener un cenicero en la mesa a su lado, en el que sólo él depositara las colillas, a fin de llevar así por partida doble el control. Y se divertía Andrea cogiéndole subrepticiamente un cigarrillo de la pitillera, o apagando, aprisa para que no pudiera detenerla nadie, los cigarrillos que fumaba ella en el cenicero a él reservado, lo cual ocasionaba catástrofes en miniatura y miradas de reconvención en los ojos de todos, aunque a Inés se le hiciera difícil contener la risa.

Pero Andrea iba a detestar a Ricard, antes incluso de sumarse al grupo y cuando sólo los observaba de lejos desde la barra, porque le parecía evidente que le echaba, a su manera desmañada, los tejos a Inés: pugnaba por sentarse a su lado, aunque otro tuviera que levantarse y cederle el sitio; la miraba reprobador cada vez que la chica sacaba un cigarrillo, pero se lo encendía obsequioso, con tanta prosopopeya como si estuviera prendiendo la antorcha olímpica; la miraba con un orgullo casi paternal, y festejaba como una genialidad cualquier banalidad que ella dijera, lo que hacía sentirse a la propia Inés un poco incómoda y hacía resoplar a Andrea como una ballena enfurecida.

CAPÍTULO DOS

Ya en el curso anterior, el de su ingreso en la universidad, había coincidido Andrea en el bar con la tertulia de Inés. Solían estar ellos reunidos en la mesa habitual, cuando bajaba ella las escaleras e irrumpía en el local como una exhalación, siempre al parecer apresurada –jamás se sentaba a una mesa, sino que permanecía de pie ante la barra–, acompañada de cuatro o cinco muchachos sin nombre y sin rostro, tan intercambiables y desprovistos de identidad, tan anónimos, que no se sabía con certeza si eran o no los mismos (Inés le hablaría luego un poco reprobadora de esa necesidad suya de mantener a su alrededor un círculo de admiradores, fueran quienes fueran, que trotaban tras ella cual perrillos falderos, prontos a deshacerse en monerías ridículas ante la posibilidad de una palabra amable o de una sonrisa). Y, a pesar de que los miembros del clan se empecinaban en ignorarla (lo cual resultaba harto inverosímil, pues pertenecía Andrea a esa modalidad de personajes que convocan todas las miradas, porque, con independencia del papel que se les asigne en el espectáculo, llenan por entero con su presencia la pantalla o el escenario y barren, quiéranlo o no, todo lo demás; mujeres a las que, desde muy niñas hasta la ancianidad, se ven forzados hombres y mujeres con un sobresalto a contemplar, por más que protesten muchas de ellas que, para tratarse de auténticas bellezas, tienen las piernas demasiado largas y demasiado flacas, la boca excesivamente grande, y cierta ostentosidad vulgar en el modo de andar y de moverse), interrumpían por unos segundos lo que estaban hablando, conscientes sin quererlo de la presencia de la muchacha acodada con displicencia en la barra, a pesar de que ninguno de ellos le echara más que una mirada de reojo, y reanudaban luego la charla con un punto de irritación y de impaciencia, porque la figura de Andrea, aunque no la conocieran (sabían, claro está, que era hija de un arquitecto famoso y, suponían con motivo, esnob, con veleidades políticas, que le habían llevado a ocupar un lugar destacado en la lucha antifranquista, y que se movía la chica por tanto en una alta burguesía ilustrada e izquierdosa que levantaba todas sus suspicacias), y aunque no lo hubieran nunca –el asunto les parecía en extremo banal– entre ellos discutido, les parecía reprobable.

Pero una de las mañanas de los primeros días de aquel octubre, recién iniciadas las clases, se había apartado Andrea de su corte de «mariachis» –ése era el nombre que les daría Inés–, se había aproximado a la mesa del grupo y, sin molestarse siquiera en saludar, ignorando a todos los demás allí reunidos, como si fueran invisibles o tal vez ni siquiera existieran, le había pedido fuego a Inés, que justo aquellos días estaba intentando también dejar de fumar y no llevaba cerillas ni encendedor, de modo que, como ninguno de los presentes se movía –no iban a darle fuego a alguien que, además de éticamente sospechoso, los ninguneaba hasta el punto de aparentar no percibir su existencia–, había tenido que cogerle el encendedor a Ricard (un antiguo Dupont de oro que había sido del abuelo, en tiempos en que la familia nadaba en la opulencia, había pertenecido luego a su padre y le había regalado éste a él cuando terminó la enseñanza secundaria con matrículas de honor en todas menos en dos de las asignaturas –el acontecimiento había aparecido incluso en un periódico local– e ingresó en la universidad, y que custodiaba el chico como si se tratara de la pieza más valiosa del tesoro de Tutankamon) y darle fuego ella para que prendiera el cigarrillo. Y entonces Andrea, mientras arrancaba precipitada un pedazo de papel de una libreta, garrapateaba en él lo que debía de ser una dirección, y se lo tendía a Inés: «Esta noche darán en mi casa un pase privado de unos reportajes muy recientes sobre China y veremos también *El acorazado Potemkin, ¿*por qué no vienes?», y luego, alejándose como una exhalación y sin esperar respuesta: «Empezará más o menos hacia las diez.»

Se alejó sin más, sin decir siquiera adiós como tampoco había dicho hola, para reunirse en la barra con sus amigos, que, pensaron todos, Inés incluida, tenían que llevar algunos de ellos forzosamente fuego, ya que fumaban sin parar. Y le preguntaron a Inés los demás, sorprendidos y suspicaces, desde cuándo se conocían, qué relación existía entre las dos –alguna rela-

27

ción especial debía de haber para que la invitara a su casa–, por qué no había hecho nunca referencia a esa amistad, y, sobre todo, si pensaba asistir o no al festejo –pues de un festejo y no de un acto cultural se trataba–, habiendo visto seguramente tres o cuatro veces *El acorazado Potemkin*, ¿quién no lo había visto a esas alturas? Y respondió Inés con calma –aunque la fastidiaba sobremanera que le pidieran cuentas que no tenía por qué dar–, y en riguroso orden, que a Andrea la conocía, como todos ellos, de verla en el bar desde el curso anterior, que no existía entre ambas relación ninguna, que no tenía ni remota idea de por qué razón la había invitado a su casa y a los otros no, que sí había visto ya en tres ocasiones *El acorazado Potemkin* y se sabía de memoria toda la filmografía de Eisenstein, y que la había tomado también a ella la invitación tan de sorpresa que no había decidido todavía si iba o no a asistir, se tratara de un evento social o de una sesión de cineclub, que eso no lo sabía con certeza ninguno de ellos. (Y, a pesar de que Inés detestaba mentir, no era esa última afirmación enteramente cierta, porque se sabía a sí misma lo suficientemente curiosa, y estaba demasiado intrigada por el personaje de Andrea, para que le cruzara siquiera por la mente la posibilidad de no asistir.)

A las diez y media –Andrea no había precisado con exactitud la hora, y temió Inés que, caso de llegar puntual, iban a reparar más en ella e iba a verse forzada tal vez a participar en una conversación no sólo entre gente desconocida, sino entre gente de distinto pelaje– bajó Inés del taxi y llamó a la puerta de una torre –Villa Médicis– que correspondía a la dirección que llevaba anotada en un papel. Se oía el rumor de muchas personas conversando en el jardín, y salió a abrir una criada de uniforme, pero enseguida, antes de que tuviera tiempo para sentirse incómoda o cohibida, apareció apresurada Andrea, la cogió por el brazo –«¡Qué tarde llegas, creí ya que no ibas a venir!»–, la condujo a través del jardín hasta una silla que quedaba libre junto a la piscina, desde la que se veía bien la pantalla, cogió al vuelo de la bandeja de un camarero que pasaba por allí una copa de champán, se la puso en la mano y susurró: «Supongo que no conocerás a nadie, son casi todos amigos de mis padres, pero yo regreso enseguida.» Sí había ya mucha gente en el jardín, unos acomodados en el suelo, en las sillas, en los peldaños de la escalera que daba acceso a la casa, otros deambulando todavía de aquí para allá, vestidos la mayor parte con idéntica estudiada informalidad (no iban a ponerse la misma ropa, pensó Inés, para una función de ópera en el Liceo, o un reveillón de final de año, que para el pase de unas películas que hubiera constituido pocos años atrás un acto delictivo y hubiera tenido que llevarse a cabo en la clandestinidad), charlando animadamente unos con otros, saludando a los que acababan de llegar, una copa en una mano y un canapé o un cigarrillo en la otra (había de transcurrir todavía mucho tiempo para que fumar quedara restringido a los delincuentes y a los suicidas). La luz de las farolas reverberaba en el césped y arrancaba de él un verde fosforescente, que lo hacía parecer artificial, y, cuando las apagaron, destacó bajo en el cielo el resplandor bello y re dondo de la luna llena, tan grande y tan roja que habría podido confundirse también con un elemento más del decorado.

Alguien anunció que, antes de *El acorazado,* iban a pasar las películas que habían filmado los padres de Andrea y otros amigos en un reciente viaje a China, y empezaron a aparecer en la pantalla imágenes en color de niños jugando y cantando en las escuelas, otros chinitos agitando banderitas y aplaudiendo al paso de los turistas, que constituían todavía sin duda allí una novedad, y largas escenas de chinos adultos desempeñando distintas tareas en los campos y en las fábricas, todos vestidos con un idéntico color oscuro y todos con una sonrisa, y luego imágenes de la gran muralla, y, para concluir, una serie interminable de pacientes en el quirófano, con el pecho abierto desde la garganta hasta la cintura, o con los intestinos al descubierto, pero totalmente despiertos y también ellos con una sonrisa de oreja a oreja. Y, cuando concluyó la proyección y se encendieron las farolas, empezaron a discutir los invitados animadamente si era eficaz o no la acupuntura, si tenía rigurosos fundamentos científicos o si operaba por mera hipnosis y sugestión, y aseguraron los autores de la película y cuantos habían viajado con ellos que las imágenes valían por sí solas, que lo habían visto con sus propios ojos, sin posibilidad de trampa ninguna, y que no parecían los pacientes hipnotizados, y alguien apuntó entonces la teoría de que podía funcionar en China pero no en Europa, porque era la cultura oriental muy distinta a la nuestra y no dejaban de resultar los chinos para nosotros, aunque hubiéramos viajado tres semanas por su país, impenetrables y ajenos. Y coincidieron luego todos en reconocer la superioridad de las universidades chinas sobre las europeas y no digamos las norteamericanas, y no podía entenderse el contrasentido de que tuvieran muchos de los presentes a sus hijos estudiando en Inglaterra y sobre todo en Estados Unidos.

Y comenzó por fin, tardísimo, *El acorazado Potemkin,* que, por más que lo hubiera visto tres veces –aquélla era la cuarta–, le ponía siempre a Inés en algunos momentos un nudo en la garganta, pero en esta ocasión, al llegar a la escena culminante de la masacre del pueblo de Odessa en la escalinata, atendía ella sólo a medias a cuanto acontecía en la pantalla, porque Andrea –concluidas sin duda sus obligaciones de hija de la casa para con los invitados– había regresado junto a Inés como lo prometiera, se había sentado a sus pies, la espalda apoyada en sus rodillas, y había desparramado el oscuro cabello sobre su regazo, y el cabello exhalaba un perfume extraño, hecho de musgo y de frutos silvestres, e Inés, para su propio estupor, pues no le había ocurrido nunca hasta entonces algo semejante, nunca había experimentado una emoción física tan intensa sin un motivo plausible que la justificara, se dio cuenta de que se le llenaban los ojos de lágrimas y de que estaba temblando y de que le faltaba el aire, de modo que respiraba con dificultad y emitía al hacerlo un leve silbido, que no debía de advertir siquiera la muchacha sentada a sus pies, pero que tenía ella la disparatada aprensión de que inundaba el jardín, más audible para los invitados que las notas de la Internacional en la escalinata de Odessa, como el corazón delator en el cuento de Poe, y, mientras agradecía a los dioses la casi total oscuridad, empleó toda su energía en contener sus propias manos, que intentaban sumergirse sin remedio en el río proceloso y perfumado de la cabellera de Andrea desparramada en sus rodillas.

Y, aunque había temido Inés que al terminar la película y encenderse las luces todos advirtieran en su rostro algo extraño, concluyó *El acorazado*, prendieron de nuevo las farolas –que anularon ahora por completo el resplandor de una luna pálida, empequeñecida, alta en el cielo de la madrugada–, volvieron a circular los camareros con bandejas llenas de copas, canapés, dulces, y volvieron a discursear los invitados –mucho más ellos que ellas– animadamente, quitándose casi unos a otros la palabra de la boca (Andrea se había levantado sigilosa, se había mezclado entre los demás –ahora todos de pie–, se había perdido de vista), enzarzados en una polémica violenta, apasionada, que rozaba en algunos momentos la ferocidad, para establecer si el modelo de revolución a implantar entre nosotros era el soviético (tenía evidentes fallos, ya se sabe, que no cabía negar, puesto que se descubrían cada día nuevos dislates y aberraciones, pero no se podía olvidar tampoco que una cosa era la teoría y otra la práctica, y sobre todo que mediaba entre Stalin y Lenin un abismo, y otro todavía mayor, subrayó alguien, entre éstos y Trotski), o el chino, más moderno, más operante, más radical, pero que planteaba de nuevo el problema de las diferencias culturales, ya que ¿cómo iba a adaptarse el modelo de la revolución cultural china a

España? Y, rebatió otro, ¿había acaso mayor similitud entre la Rusia de los zares y la España de hoy? No, el único modelo de revolución a seguir era el cubano, más próximo a lo hispano –¿cómo adecuar nuestra mentalidad a los pueblos eslavos o de Extremo Oriente?–, una revolución alegre y sensual (Inés, olvidada ya la cabellera oscura y perfumada que se había desparramado sobre sus rodillas como un río proceloso y dulcísimo en el que sumergirse y naufragar, escuchaba atenta, pues, si bien era cierto que había acudido a la reunión con la curiosidad de conocer gentes distintas a las que trataba en la universidad o a las de la burguesía profesional en que se movían sus padres, no había podido imaginar que tomara la velada tan pintorescos derroteros).

Y entonces tomó la palabra un tipo alto y flaco, de enmarañado cabello oscuro y tupida barba canosa, de ojos chispeantes rodeados de profundas ojeras, muy atractivo en su papel de poeta maldito o moderno Mefisto, en el que reconoció Inés al padre de Andrea, y explicó, con una voz densa y profunda, muy hermosa, que él había confiado, y mucho, en Fidel, que había viajado tres veces a la isla como invitado del gobierno cubano, y sí encontró en el pueblo caribeño música, danza, sensualidad, alegría de vivir, pero, en su última visita, había subido a su habitación del hotel una muchacha, a la que había conocido en el bar, y, al poco rato, le habían llamado desde la conserjería para recordarle que no se admitían visitas en las habitaciones de los clientes y que la señora no podía quedarse allí, y ¿qué confianza se podía seguir teniendo en una revolu-

ción que –además, claro está, de condenar la homosexualidad y limitar la libertad de expresión de artistas e
intelectuales– no le permitía a uno follar en su habitación con quien le cantaran ganas? Y hubo risas, y pro-
testaron los pro cubanos que algo similar había acontecido en China y en la Unión Soviética, que la
revolución tenía un precio, y que, si el precio era en-
carcelar a unos miles de poetas y de homosexuales,
ellos estaban dispuestos a pagarlo. Y una mujer alta y
rubia, que parecía extremadamente joven pero que debía de ser la madre de Andrea, arqueó el lomo como
una pantera y, los ojos en llamas, escupió un comentario sarcástico sobre los frívolos y los rijosos. E Inés,
que había llegado un poco tarde para escapar al riesgo
de tener que participar en la conversación, y que era,
en la tertulia de la universidad, la más ecuánime y mo-
derada, se encontró de pronto discutiendo acalorada-
mente –tal vez el influjo sumado de la cabellera río y
de la matanza en las escaleras de Odessa le había hecho perder el sentido, había generado un estado de
embriaguez que no se justificaba por las dos copas de
champán que Andrea le había puesto en las manos–:
¿de qué revolución estaban hablando?, ¿de qué medios
disponían, ni ellos ni nadie, para en la España de
aquellos momentos establecerla?, y, si había que pagar
un precio, lo cual no era siquiera seguro, ¿quiénes
eran ellos, reunidos en aquel jardín del barrio residen-
cial de la ciudad, para aceptar o rechazar u opinar siquiera sobre el precio que Fidel había decidido hacer
pagar a los cubanos? Y temía, mientras hablaba, crear
una situación incómoda, que alguno de los invitados,

acaso la propia Andrea, se enojara, pero no ocurrió nada de eso. Era evidente que estaban todos encantados, y, si le daban la réplica con entusiasmo, no era para acallarla, sino para estimularla y poder seguir todos polemizando. Estaba contribuyendo, se le ocurrió, al éxito de la velada –entre unas gentes que eran seguramente siempre las mismas, que coincidían sin pausa en unos mismos escenarios y debían de manifestar en las distintas ocasiones opiniones muy parecidas–, y creyó ver que, casi al otro extremo del jardín, Andrea se reía, y le causó cierto fastidio sospechar que podía haberla invitado para eso, para que animara y diera color al festejo, aunque era más probable que se debiera sólo la invitación a la curiosidad de enfrentarla a un mundo distinto, a aquella sorprendente y brillante alta burguesía izquierdosa. No cabía duda de que la plana mayor de la *gauche divine*, cineastas, novelistas, editores, arquitectos, modelos, empresarios, y hasta el psiquiatra particular del clan –que aparecía a menudo en la televisión y distribuía generosas dosis de buenas palabras y de litio o antidepresivos– y su ginecólogo particular –que había introducido la píldora anticonceptiva en Barcelona, y del que se decía practicaba abortos entre los más amigos, y suministraba a los que no lo eran tanto direcciones de Londres donde podían ir a abortar o donde pedir por correo y contra reembolso un diafragma del tamaño adecuado–, se había dado cita aquella noche en Villa Médicis, tan distinta a la burguesía prudente y conservadora de sus propios padres, tan distinta también a los grupos disidentes de la universidad; aunque discutieran éstos con parecido entusiasmo, no exento de trampas y disparates, y aunque se empujaran también unos a otros a codazos para situarse a la izquierda de todas las izquierdas posibles, en unos tiempos en que se suponía que pertenecían todos al PSUC (tenían que pasar años para que se empezara a descubrir que muchos de aquellos a los que se había dado por comunistas eran en realidad, lo habían sido casi desde la cuna, socialistas, y muchos años más para que alguien del medio se atreviera a declararse sin rubor de derechas).

Abandonó Inés la discusión y cruzó el jardín de un extremo a otro, sorteando grupitos de invitados que se despedían ya, camareros que recogían en las bandejas vasos y botellas vacíos, mesitas con restos de bocadillos y con ceniceros desbordados, por un césped sembrado de colillas y servilletas de papel –a la mañana siguiente iba a dar pena el jardín–, sin apartar la mirada de Andrea, que también la estaba mirando, como si existiera un hilo invisible entre las dos –como en los pasatiempos de los periódicos, donde hay que llegar de un extremo a otro del laberinto franqueando múltiples obstáculos–, hasta estar junto a ella, que había seguido su ondulante divagar por el jardín con una sonrisa, y preguntarle con cierta acritud: «¿Por qué me has invitado a venir aquí esta noche?» Y Andrea, seria de repente, sorprendida: «¿Te has aburrido, lo has pasado mal? Creí que te interesarían los reportajes, que te apetecería la película», y unos segundos después: «También pensé que, si no la conocías, te podía divertir esta fauna.» E Inés comprende que no hay motivo real para su enojo, porque ha visto ya otras tres veces

El acorazado y le interesan muy relativamente los reportajes sobre China, y es cierto que ha acudido movida por la curiosidad hacia la gente que iba a conocer allí, y sobre todo por la que le inspira la propia Andrea, de modo que se encoge de hombros y dulcifica el gesto, y Andrea vuelve ahora a sonreír, pero con una sonrisa distinta, que se compagina mal con los aires que se da por los pasillos y en el bar de la Facultad, y añade con sencillez: «Tal vez fue también un pretexto para que nos conociéramos. Me parecía, sabes, que existía una corriente de simpatía entre las dos, que tal vez podíamos llegar a ser amigas.» Y por primera vez se da cuenta Inés de que, a pesar de que nadie lo diría por su aspecto, es Andrea mucho más joven que ella –¿seis años, siete, ocho?–, y la ve por primera vez como una criaja tierna, vehemente y acaso desvalida.

CAPÍTULO TRES

A la mañana siguiente y durante varios días se habían seguido viendo en el bar de la Facultad, pero de un modo algo distinto: Andrea cruzaba ante la mesa donde Inés y sus amigos (a los que ésta había dado una versión irónica y divertida de la velada en el jardín, todos, ricos y famosos, con vasos de whisky y canapés en las manos y discutiendo si era la revolución soviética o la china o la cubana la que había que implantar ya en España) continuaban debatiendo la última película de Bergman o Visconti, la exposición más reciente de Tàpies o Guinovart, o intentaban reconciliar, con mejor o peor fortuna, las teorías políticas con la realidad de lo que estaba sucediendo en el país. Cruzaba Andrea sin detenerse, aminorando sólo el paso para saludar a Inés, a todos, con un gesto impreciso, una sonrisa vaga, e Inés, a su vez, correspondía con otro gesto desganado y otra sonrisa breve, pero sabían ambas que se trataba de una farsa, deliciosa, destinada a llenar un compás de espera y disfrutaban ambas por igual del juego: consciente cada una, desde el preciso momento en que Andrea trasponía el umbral, de la presencia de la otra, sin necesidad apenas de oírla o de mirarla, aunque estuviera incluso de espaldas y en silencio, porque se había establecido allí, como ocurriera la otra noche en el jardín de Villa Médicis, un hilo invisible que llevaba, sorteando los obstáculos y vericuetos del laberinto, desde la una hasta la otra. Y ya no hablaba sólo Inés para sus compañeros de mesa, ni les sonreía a ellos únicamente, actuaba también y sobre todo para Andrea, que, en ocasiones sentada en un sitio próximo, pero casi siempre acodada de pie en la barra y rodeada de la corte de admiradores que reía todas sus ocurrencias y le bailaba el agua, pedía fuego (no dejaba de parecerle a Inés extraño que, fumando de modo habitual, no llevara nunca en el bolso encendedor ni cerillas y con frecuencia ni siquiera tabaco), y encendía el cigarrillo y se lo llevaba a los labios y exhalaba el humo con un gesto lento, un poco teatral, como el de las viejas vamps del celuloide rancio, forzadas a expresarse, no mediante palabras, sino acentuando el gesto, o echaba con un brusco movimiento de cabeza los cabellos largos, levemente ondulados y larguísimos, hacia atrás, sorbía golosa una Coca-Cola, como si de un elixir de amor se tratara, y reía con una risa un tanto afectada, un punto más estridente de lo normal, pues tenían que recorrer, risas y palabras, un trecho muy largo hasta llegar a su destinatario real. Como si estuvieran solas, desarrollando sobre un escenario, viejo teatro del mundo, los ademanes de la recíproca seducción, inmersas en un decorado de cartón piedra y rodeadas de unos personajes, meros maniquíes inertes, que no desempeñaban papel ninguno –por más que se creyeran protagonistas– en aquella obra sólo para dos.

A Inés la había divertido mucho aquel juego, aparentemente ambiguo aunque todo estuviera decidido ya, que reproducirían algunas veces más adelante y en presencia de otras gentes a lo largo de su amistad (Andrea diría siempre de su amor), aquella deliciosa complicidad a dos en medio de la multitud, o aquel hablar la una para la otra a través de terceros interpuestos. Años atrás, en el colegio de monjas, había utilizado también Inés, con las amigas más íntimas, un código secreto, para comunicarse, no únicamente información durante los exámenes, sino también mensajes de tipo personal, aunque en aquel entonces había existido un código preciso, previamente establecido, mientras que ahora, con Andrea, era el fenómeno espontáneo y se iban estableciendo las claves a medida que las inventaban. Le parecería a Inés más adelante que este juego, ese prólogo de lo que iba a constituir su relación, había durado días y más días, y era posible que ella en el fondo hubiera deseado prolongarlo, y había sido Andrea, más apasionada, más lanzada y sobre todo más impaciente (no tenía, y era uno de los rasgos de su mala crianza, espera para nada: lo quería todo por entero y al instante), la que había propiciado o forzado el paso a una nueva etapa. Se había detenido de nuevo y por segunda vez ante la mesa de los sabios contertulios, los había saludado en esta ocasión a todos, y le había propuesto a Inés un plan cualquiera: acudir a su casa para ver unos libros interesantes que no se encontraban en las librerías españolas, o asistir a una sesión de cine en la Filmoteca.

Y a partir de entonces se habían habituado a verse primero con frecuencia y luego todos los días. Por la mañana, recogía Andrea a Inés en su coche y, antes de meterse ella en las aulas –porque ahora, a partir de su encuentro con Inés, empezaría a asistir a las clases con regularidad– y de sumergirse Inés en el seminario o en la biblioteca, iban a desayunar juntas a una granja próxima a la universidad. Tomaba Inés primero un café solo, pues eran sus despertares lentos y, caso de no tomarlo, corría el riesgo de andar por el mundo y contestar incluso a lo que se le decía con el corazón dormido, y luego un café con leche y un cruasán. Y pedía Andrea un suizo, la nata aparte en un platito, para poder ir introduciéndola en el chocolate al ritmo de su capricho, sin que se desbordara el líquido fuera de la taza, y unos bizcochos. Y lo saboreaba despacio (Inés había concluido el desayuno, cigarrillo incluido, en tres minutos, como si se tratara de un mero trámite para ingresar en el nuevo día), con fruición y delectación pecaminosas, al igual que los niños chicos (¿cómo no iba a ser el chocolate con nata y bizcochos un placer reservado a los críos y a los dioses, si constituía para ella una simple Coca-Cola –curiosamente Andrea no bebía entonces alcohol– un elixir de amor?), y a Inés, ya para aquel entonces bien despierta y que acababa de encender un segundo cigarrillo, esa delectación tal vez deliberada –el modo en que sumergía su amiga golosa los bizcochos en la taza, los rescataba rezumantes de chocolate y de nata, se los metía en la boca, entrecerrados y rientes los ojos como en una comunión sacrílega– la fascinaba y la escandalizaba a un tiempo, y comentaba en broma que no había conocido a nadie tan adicto al placer, aunque se tratara de placeres supuestamente inocentes, a nadie tan dado a convertir cualquier gesto cotidiano y trivial en puro vicio.

Más tarde, terminadas las clases, bajaba Andrea al bar y, tras esquivar a los dolidos supervivientes de sus «mariachis» –que vagaban desorientados de grupo en grupo, a la búsqueda de un nuevo dios menor al que adorar–, se sentaba a la mesa de los compañeros de Inés, que nunca llegarían a aceptar como uno de los suyos, porque seguramente no lo era (ni siquiera coincidía con ellos en la edad, pues andaban ya todos más cerca de los veinticinco, o incluso de los treinta, que de los veinte, y habían terminado la licenciatura, y estaban redactando la tesis doctoral, o preparando oposiciones, o dando cursos como profesores adjuntos, o sin hacer otra cosa que pergeñar panfletos, colaborar con artículos más o menos sesudos y brillantes en las menguadas revistas literarias del país –Arturo estaba preparando la publicación de una nueva, por él dirigida– y de los departamentos de español de Estados Unidos –tantos ya que pronto no habría escritor español de tercera fila sobre el que no se estuvieran realizando varias tesis–, o componer poemas, mientras que Andrea acababa de comenzar el segundo curso de filología hispánica), pero que, debido a su amistad cada día más estrecha con Inés, y a que el personaje, para ellos exótico, les irritaba pero también les fascinaba o despertaba al menos su curiosidad, la habían aceptado en el grupo como oyente privilegiada. Sólo Pilar y Ricard la consideraban detestable. Pilar estaba convencida de que seres tan engreídos y malcriados y afectados –el modo en que hablaba, reía, echaba hacia atrás su cabello, encendía un cigarrillo, se llevaba un vaso a los labios o cruzaba las piernas le parecía puro teatro, lindante con el mal gusto y la obscenidad– como Andrea podrían perfectamente, sin daño alguno para la sociedad, dejar de existir. Mientras que entre Ricard y Andrea se había establecido, ya desde el primer día, aquel en que se había detenido ella junto a la mesa para invitar a Inés a la proyección de los reportajes sobre China y *El acorazado Potemkin*, una acre hostilidad, centrada en la figura de Inés y teñida de celos.

Después de mucho tiempo, muchos años, porque se conocían desde el comienzo de sus estudios, de sentarse a su lado –primero en las aulas y luego en el bar–, de abrir en honor de ella la cola variopinta de su erudición y de su inteligencia, observarla valorativo, precipitarse a encenderle el cigarrillo antes de que ella lo hubiera sacado siquiera de la cajetilla, aplaudir como genialidad cualquier trivialidad que ella dijera, Ricard había citado por fin a Inés a solas, una mañana, en un bar que ningún miembro del grupo frecuentaba y donde parecía improbable coincidir con alguien conocido, y le había expuesto prolija y ordenadamente –aunque le temblaban un poco las manos y le costaba un esfuerzo mirarla a los ojos–, con múltiples puntualizaciones –debía de llevar días preparando el discurso, aprendiéndolo incluso de memoria–, que estaban inequívocamente hechos el uno para el otro. («¿Ves como llevaba yo razón?», se indignaría Andrea, mientras desayunaban juntas a la mañana siguiente, esgrimiendo los bizcochos como dagas de juguete, «¿reconoces ahora que está ese tonto enamorado de ti?» E Inés: «En primer lugar, no es ningún tonto, y eso tú lo sabes. Y, en segundo lugar, no estoy siquiera segura de que se manifestara en ningún momento enamorado de mí: creo que la palabra amor no figuró para nada en la conversación, y te aseguro que la escena no guardaba ni el más remoto parecido con una declaración romántica. Se limitó a enumerar en detalle las cualidades que debía reunir su futura esposa y a informarme de que todas ellas, o casi, coincidían en mí.» Y luego, conteniendo la risa para no enojar más a Andrea: «Citó incluso los méritos de mi tesis, y lo bien, mucho mejor que él, que domino el inglés.» Y Andrea, seria, atragantándose con los bizcochos y con el humo, apagando con furia el cigarrillo, apartando de un manotazo la taza todavía medio llena, de modo que el chocolate se derrama en la barra: «Y a ti esas majaderías, ese engreimiento, ese afán por programar la totalidad de la vida, tú incluida, como si se tratara de un trabajo académico –que es lo único que domina–, te resultan graciosos y te lo hacen entrañable, y tú sí sabes –aunque él no habrá de descubrirlo nunca– que con mucha frecuencia lo que nos enternece en el otro y nos induce a amarle, no son tanto sus cualidades, como sus limitaciones y sus defectos.» E Inés, secretamente divertida, a punto está de inquerir: «¿Por qué defectos me amas tú a mí?», y luego: «¿Por qué defectos me quieres tú?», y, por último, las palabras ya en la punta de la lengua sometidas a un postrer tijeretazo de la prudencia y la autocensura: «¿Por qué crees que se me puede amar a mí?» Y Andrea, calmada de golpe su furia: «Tontísima, más que tontísima, porque eres Doña Perfecta, pero nadas peor que un perro y te muerdes las uñas.»)

En cuanto a Xavier, a pesar de que se burlaba Andrea en ocasiones de su amaneramiento, de sus circunloquios, de sus trampas dialécticas teñidas de jesuitismo, de su, según ella, cuádruple militancia, y a pesar de que le ponía a él literalmente enfermo el misérrimo y maltrecho catalán de niña pija barcelonesa que ella utilizaba, se habían caído –desde un principio y por misteriosas razones, tal vez por compartir sólo ellos en el grupo un parecido sentido del humor– recíprocamente bien. El nacionalismo a ultranza que profesaba Xavier desde los años del seminario era bien aceptado y compartido en parte por todos los miembros del grupo, salvo por el poeta aragonés, al que sacaba de quicio, y que aseguraba enviaría con gusto a los catalanes, si no al paredón, sí a cavar en las canteras o a construir carreteras que buena falta hacían, de modo que andaban, siempre que aparecía el tema, a la greña los dos –Xavier cáustico pero sin perder la compostura, Arturo enfurecido y loco–, empecinado uno en que el catalanismo era ante todo, lo había sido desde sus inicios hasta hoy, un movimiento de izquierdas, bastaba constatar lo que había ocurrido en el curso de la guerra civil y lo que sucedía bajo el franquismo, y empecinado el otro en que bastaba profundizar un poco bajo la superficie para constatar que había sido siempre, como cualquier otro nacionalismo, un movimiento reaccionario. Al llegar al punto más enconado y más crispado de la discusión, solía intervenir Pilar,

45

que empezaba a recitar cifras y datos, fragmentos de discursos y proclamas de los políticos del XIX y de los años anteriores a la guerra civil, leyes y reglamentos, artículos periodísticos, estadísticas del nivel de vida en distintos puntos del Estado español, todo en un tono frío pero apresurado –tal vez temía que la interrumpieran, ocurría a veces, antes de terminar–, con el atropellamiento de la máquina tragaperras cuando se consigue un pleno, las monedas precipitándose en aluvión, con gran aparato de mareantes y deslumbrantes luces multicolores. Y luego razonaba Inés –siempre ponderada, intentando conciliar diferencias y encontrar el punto justo– que era imposible generalizar en un tema tan complejo y tan extendido en el tiempo, y que, si bien durante la vida del dictador –que parecía no iba a terminar nunca– caminaban de la mano izquierdismo y catalanismo, hermanados grupos y partidos en la común lucha antifranquista, cabía prever que luego se clarificarían las diferencias y se podría constatar la existencia de corrientes nacionalistas que irían desde la extrema derecha hasta la extrema izquierda. Y había señalado un día Andrea con ironía, en uno de esos arranques provocadores que la hacían antipática: «Pues en mi casa y en las de los amigos de mis padres se apoya sin reservas el catalanismo, pero hablamos casi todo el tiempo en castellano.»

La relación que se estableció entre Andrea y Arturo fue, por parte de él (había protestado un día, en ausencia de Inés, de que se aceptara a la chica en el grupo, pero ni siquiera Pilar, que la detestaba, le había dado su apoyo, tan obvio era que no se trataba de un club ni de un partido, sino de una mera tertulia celebrada en un local público donde no cabía excluir a nadie), mucho más ambigua y contradictoria, tal vez porque le resultaba difícil, lo supiera o no, armonizar su forma de pensar con su modo de sentir. Siempre oscilando entre la violencia y la ternura, dispuesto a jugar con un niño desconocido, a recoger un chucho abandonado –aunque no era seguro que no se deshiciera de él un par de días después–, a pasar horas al lado de un amigo enfermo, a acudir con un bocadillo y una botella de whisky al rescate de deprimidos y suicidas, a prestar gustoso su hombro a todas las muchachitas desdichadas que quisieran llorar sobre él sus penas de amor, pero capaz asimismo de descuidar en ocasiones a los suyos, de establecer sin reparos que su mujer trabajara en lo que fuera, al tiempo que se ocupaba de los quehaceres domésticos, para lograr el mínimo dinero preciso para sobrevivir, mientras se dedicaba él de lleno a sus actividades literarias, tan convencido estaba de su importancia; capaz de abusar en según qué momentos y circunstancias de las personas que mejor le querían y más confiaban en él, o de fallar a cualquiera del modo más inesperado e inoportuno, sin que se supiera siquiera por qué, tal vez únicamente porque se le habían cruzado los cables; capaz sobre todo de despotricar y vomitar infamias, a veces brutales y no siempre justificadas, sin calibrar el daño que con ello ocasionaba, de amenazar con que había situado a supuestos enemigos –a los que en ocasiones ni siquiera conocía personalmente– en la mira de su fusil, de vociferar desatinado y un poco ridículo, como la reina de corazones, que había que cortarles a todos la cabeza. Arturo pretendía ignorar hasta donde le era posible –y más allá de cualquier verosimilitud– la presencia de Andrea, respondía con sordos gruñidos y bufidos a las escasas frases que ella decía y le dirigía a hurtadillas miradas aviesas. Pero una noche de borrachera triste –Arturo bebía invariablemente demasiado las noches que salía y tenía invariablemente triste el vino– le había confesado a Inés: «A mí me tendrían que gustar las mujeres humildes, ¿no te parece?, obreras o empleadas, mujeres como la mía, con las que poder compartir una misma conciencia y una misma lucha, pero ¿qué demonios puedo hacer si las que me gustan de verdad son las jodidas burguesitas de la Diagonal?» Y había tomado Inés a broma unos escrúpulos que le parecían muy ingenuos: «¡Tonterías! Tienes una mujer muy guapa, y estoy por otra parte harta de oírte proclamar que te gustamos todas.» Pero había seguido el poeta, sin prestarle oídos, su acto de contrición: «Jodidas niñas pijas de mierda, como esa Andrea de sesos de mosquito, deliberadamente provocadora, capaz de coquetear con su propia sombra.» Y había entendido Inés que éste era el punto al que quería Arturo llegar, y había pensado que, si bien no era cierto que tuviera Andrea sesos de mosquito –era, por el contrario, inteligente–, sí podía llevar el poeta razón en que había en ella algo provocativo, tal vez inevitable en las muchachas tan hermosas, y era asimismo cierto que en ocasiones –y la ponía a ella incómoda– coqueteaba con cualquier hombre que se cruzara en su camino. Por algo había protestado Inés, al comienzo de su amistad, de sus «mariachis», de esa corte masculina que zumbaba como moscardones a su alrededor, y se había mostrado Andrea sorprendida y había asegurado que no significaban nada para ella (de hecho, tal vez por complacer a su amiga, o tal vez porque habían dejado de desempeñar una función en su vida, iba a defenestrarlos poco después), y había replicado Inés, el ceño fruncido, que eso era lo peor, lo que mayor esfuerzo le costaba comprender, pues convencida estaba de que considerados uno a uno no le importaban gran cosa –saltaba a la vista que eran anónimos e intercambiables–, pero, en tal caso, ¿qué necesidad había, o qué placer le brindaba, sostener ese círculo de niñatos a su alrededor? Y, la noche de la curda de Arturo, había intentado Inés explicarle algo de todo esto, pero, vencido definitivamente por el vino, había caído él en una absoluta incoherencia, en la que era ya imposible darle alcance.

CAPÍTULO CUATRO

A lo largo de aquel mes de octubre hubo días muy hermosos, de temperatura casi estival, y, al concluir la mañana en la universidad, pasaban las dos amigas largos ratos en Villa Médicis, casi siempre solas, porque los dos hermanos de Andrea, ambos mayores que ella, apenas paraban en la casa; el padre, que empezaba a trabajar bien mediada la mañana, comía al mediodía cualquier cosa en el estudio junto con los otros arquitectos, y solía estar la madre en su habitación, unas veces afectada de jaqueca o de resaca, otras, simplemente descansando porque se había acostado tardísimo la noche anterior, y sólo al cruzar a primeras horas de la tarde el jardín se desviaba un poco para darle un beso a Andrea, saludar con un gesto a Inés, y hacerle unas preguntas distraídas –sobre su familia, sobre sus estudios, sobre sus planes para el futuro–, a cuyas respuestas no prestaba obviamente la menor atención, ya que volvía a preguntar lo mismo en el siguiente encuentro, lo cual hacía que se sintiera Inés un poco incómoda.

Las dos muchachas leían y estudiaban en bañador –todavía se daban uno que otro chapuzón en la piscina–, tumbada Andrea al sol, la nariz pegada a un libro –casi siempre una novela–, y sentada Inés en el césped, rodeada por todas partes de apuntes y carpetas. La doncella les llevaba aceitunas, patatas fritas, emparedados de queso y de jamón, un vaso de vino rosado y frío para Inés y una Coca-Cola para Andrea. En un par de ocasiones había decidido ésta que les sirvieran una comida formal en el comedor, y había asistido regocijada al asombro de Inés ante unas verduras mal cocidas, seguidas de un pescado espinoso y de unas patatas fritas que rezumaban aceite, servido todo en una vajilla de fina porcelana inglesa y con cubertería de plata, y se había echado finalmente a reír: «Seguro que nunca imaginaste que en casas como ésta se comiera habitualmente tan mal, y seguro que es tu madre una excelente cocinera.» Y había reconocido Inés que sí era en efecto su madre una muy buena cocinera y que, a pesar de trabajar por las mañanas en la consulta médica de su marido, sabía enseñar a las criadas a cocinar a su gusto y seguía personalmente lo que ocurría en la cocina y en el resto de la casa.

Se alegraba Inés de que hiciera unos días tan buenos, pues detestaba el invierno y adoraba en cambio la primavera y el verano, el renacer y el pleno esplendor de la naturaleza –sobre todo en el campo y en la montaña–, los largos días estivales en los que parecía no iba a anochecer jamás. Le gustaban las plantas y los árboles, incluso los del jardín de Villa Médicis, siempre descuidados, porque acudía el jardinero sólo una vez por semana, ningún habitante de la casa parecía tener siquiera conciencia de un jardín que debió de haber sido, y podría seguir siendo todavía, muy hermoso (tomaban, claro está, el sol en la piscina, sobre todo en primavera, cuando estaban los hermanos de Andrea y sus amigos impacientes por broncearse; organizaban de vez en cuando los padres fiestas multitudinarias, que echaban a perder el césped; se cortaban unas rosas o unas gardenias para el salón: las primeras distribuidas en jarrones de porcelana o de cristal, las segundas flotando en grandes cuencos llenos de agua), y Strolch, el pastor alemán que era propiedad exclusiva de Andrea, se dedicaba con entusiasmo a perforar túneles en los parterres, desenterrar las raíces más ocultas y profundas, y mordisquear con fruición no exenta de delicadeza flores y frutos, sin que nadie tratara de impedirlo, le afeara su conducta o le diera unos azotes. Había que elegir, aseveraba su dueña al llegar a este punto, entre tener perro o tener jardín, y, por otra parte, a ella la naturaleza no le interesaba demasiado, y cuanto más silvestre, cuanto más liberada a sí misma, cuanto más alejada de la mano del hombre, menos. Y seguía discurseando Andrea sobre lo poco que le gustaba la primavera, ese renacer inútil de la naturaleza toda –¿quién había escrito que abril era el mes más cruel?–, que culminaba en la obscena y vulgar apoteosis del verano. «A las mujeres de mi familia», había asegurado con énfasis, como si se tratara de una especial coloración de los ojos o de la piel, de una característica genética que viniera transmitiéndose, desde la noche de los tiempos, de generación en generación, afectando, cualquiera sabía por qué, sólo a las hembras, y que constituía al parecer un curioso emblema de nobleza (y se había alegrado Inés de que no estuviera presente ninguno de los amigos de la universidad, pues sabía Dios lo que iban a pensar de aquel discurso enfático y una pizca ridículo), «siempre nos ha desasosegado que se alarguen los días, ir al cine y encontrarnos a la salida con que hay todavía luz natural, y a todas nos deprime, con mayor o menor intensidad, la llegada del calor.»

A Inés, esa indiferencia, fuera afectada o real, por la naturaleza, por el campo, por los grandes espacios abiertos («Soy mujer de interior», bromeaba Andrea, provocándola, porque le encantaba que la otra por esas naderías se enojara), le parecía escandalosa: no podía ser cierto que su nueva amiga no hubiera reparado en el tiempo que había hecho en el transcurso del último fin de semana (salvo si lo había pasado en la playa); que le fuera indiferente que luciera deslumbrante el sol o que cayeran chuzos de punta (puesta a elegir, preferiría tal vez la lluvia, o, todavía mejor, las tormentas, que a Inés, tan templada para casi todo, le daban miedo); que no supiera reconocer otros árboles que los cipreses del cementerio, los abetos de Navidad y los sauces que lloran junto a los estanques románticos, y aun eso si los veía en su lugar adecuado, pues tal vez la hubiera puesto en aprietos encontrar un sauce en el salón, adornado de velitas y cargado de regalos; que no sólo no se ocupara nunca de cuidar el jardín, tan abandonado, sino que no pareciera disfrutar siquiera de él, ya que toleraba que un perro pésimamente educado (todos en la casa, animales y personas, se apresuraba a reconocer Andrea, estaban pésimamente educados, o, mejor, ineducados, ya que nadie se había tomado en ningún momento la molestia de educar a nadie, y, por otra parte, era de sobras sabido y acababa ella de decirlo, no se podía aspirar a tener perro y tener un bien cuidado jardín) lo destrozara.

También, en aquel otoño esplendoroso y festivo en que dio comienzo su amistad, y para dar gusto a Inés, Andrea la había sacado en su coche varias veces al campo. Se metían en una carretera cualquiera, se alejaban de ella por un camino vecinal, nunca el mismo, y se detenían allí donde encontraban un claro entre los árboles. Inés saltaba enseguida fuera del coche y se sumergía en la espesura con un entusiasmo en el que Andrea –a pesar de albergar la peregrina presunción de que dos personas que se amaban debían ser capaces de compartirlo todo, incluso un dolor de muelas– no lograba participar. En las dos primeras salidas había intentado, llena de arrojo y de buena voluntad, seguirla al interior del bosque, y había avanzado a trompicones, resbalando en las piedras húmedas y en la alfombra de pinaza (aunque llevaba, por especial recomendación de Inés, zapatos casi planos, ella que, a pesar de ser muy alta, se obstinaba en llevar siempre altísimos tacones), lastimándose en las zarzas, despellejándose manos y rodillas, sufriendo afrentosos ataques de insectos de alevosa especie para ella desconocida –que ni una vez, ni una sola, picaban a Inés–, quedándose a pesar de sus esfuerzos atrás, para precipitarse en la única charca nauseabunda que había en el bosque entero. De modo que Andrea, con un leve sentimiento de culpa, a pesar de ser poco dada a sentirse culposa y de que su amiga no le reprochaba nada, había optado a partir del tercer día por quedarse en el interior del coche –la portezuela, eso sí, abierta de par en par, ya que ese mínimo contacto con la naturaleza salvaje y enemiga suponía sólo un riesgo controlado y razonable, y tal vez fuera incluso beneficioso para la salud–, escuchando una cassette, leyendo un libro, con esporádicas apariciones de Inés, que volvía a su lado para mostrarle con orgullo los varios tesoros encontrados, que resultaban ser un bichejo repulsivo –al que dejaba de inmediato en libertad– o un cuerpo extraño, que Andrea estremecida no acertaba a identificar, sin poder establecer siquiera algunas veces si pertenecía al reino animal o vegetal o incluso mineral, al igual que no lograba tampoco descubrir los pájaros o las ardillas o los conejos ocultos en la espesura, pues levantaban el vuelo o escapaban en rápida carrera antes de que mirara ella en la dirección adecuada, ni reconocer el canto del ruiseñor, que disponía, al decir de Inés, de más notas que ave alguna y era por ello inconfundible.

Era curioso que Strolch, al que Inés compadecía a veces por no disponer de otro esparcimiento ni practicar otro ejercicio que pasear al extremo de su cadena por las calles de la ciudad o, en el jardín, destrozar a mansalva las plantas y perseguir a los gatos de las torres vecinas, saltara con entusiasmo –tal vez, pensaba Andrea, para no decepcionar a Inés– del vehículo, en cuanto lo detenían en pleno campo y le abrían la puerta, diera luego cinco o seis vueltas aceleradísimas, en un amplio círculo que tenía como centro el coche, como si estuviera compitiendo en un canódromo o como si se hubiera vuelto majara de repente, y luego, por mucho que le alentara Inés a seguirla en sus correrías, volviera a meterse en el coche, con el mismo entusiasmo y presteza que había puesto unos momentos antes en escapar de él. Escuchaba la música, las orejas tiesas, el afilado hocico pegado a las piernas de su dueña o la cabezota descansando sobre uno de sus pies. Y se reía Andrea: «¿Ves como los perros han dejado de formar parte ya de la naturaleza y se han convertido por voluntad del hombre en un producto cultural?», sabedora de que Strolch, a sus casi diez años cumplidos, prefería mil veces a las escapadas campestres pasarse las horas muertas encima de su cama, o tumbado en el suelo al lado si apretaba el calor, o junto a ella en la piscina, siempre al alcance de sus caricias y de su voz, y limitarse a dar unas carreritas testimoniales por el jardín o, como máximo esfuerzo, fingir que persigue al gatazo persa color pizarra, casi azul, según cómo le daba la luz, de los vecinos (nunca a los de la casa, a los que tolera o ignora), que participa a su vez en el simulacro, en un juego mil veces repetido, y finge a su vez huir, como si tuviera ese perro u otro cualquiera la más remota posibilidad de atraparlo, para encaramarse provocador en el último segundo, por medio de un salto magnífico, hermosísimo, al muro que separa los jardines. «¿Puedes creer que cuando Aída –el nombre operístico se lo puso mi madre, porque la perra era suya–, la madre de Strolch, tuvo cachorros, pasó entre ellos, sin alejarse para nada, casi ni para beber, las primeras cuarenta y ocho horas, y después, dividido su amor en dos, se volvía loca corriendo con aullidos lastimeros desde el cesto donde tenía sus crías hasta la cama de mis padres, y luego otra vez al cesto, hasta que mamá, harta de oírla y de que no los dejara a ellos dormir, trasladó la camada entera a su habitación?» Y, mientras cambiaba una cassette por otra: «A Strolch el rock duro no le gusta, no le va.»

Pero si Andrea, por mucho empeño que pusiera, no iba a lograr nunca disfrutar de veras de un paseo por el bosque o por el campo, ni iba a encontrar nunca la menor emoción en la búsqueda –por otra parte infructuosa, porque no los descubría jamás, ni siquiera cuando los tenía bajo sus narices y otro más avispado y más amable se los señalaba– de fresas o de setas o de cualquier otro de los especímenes que crecía en estado silvestre (tampoco Inés, por su parte, aprendería a nadar nunca con un estilo muy superior al de Strolch, ni sería capaz de diferenciar una vela mayor de un trinquete, ni de recordar siquiera qué lado de la embarcación recibía el nombre de babor y cuál el de estribor, sólo que esto a ella no le ocasionaba conflicto ninguno, pues, por mucho que quisiera a Andrea, ni se le pasaba por la mente la obligatoriedad de compartirlo todo con ella, ni con nadie, y, caso de saber que Andrea sí la sentía, le habría parecido un disparate, una aberración incluso, o, en el mejor de los casos, una niñería), sí llegaría por el contrario a interesarse bastante seriamente por lo que acontecía en el mundo.

A Inés la había escandalizado, en las primeras semanas de su amistad, no tanto la falta de criterio de su amiga (Andrea firmaba sin leerlo cualquier manifiesto reivindicativo que le pusieran por delante, y se sumaba a cualquier forma de protesta, y era sorprendente para Inés que no pareciera tener miedo ninguno en las manifestaciones o en los encierros, mientras que a ella la carga de la policía o su entrada en la universidad la dejaba muda y en ocasiones paralizada, de modo que había que llevarla a rastras para ponerla a salvo. «¿No le tienes miedo a nada?», le había preguntado una vez, y Andrea: «Claro que sí, tengo un miedo tremendo a perderte»), como su asombrosa falta de información, más inexplicable ésta todavía por tener unos padres que militaban desde hacía mucho en la lucha antifranquista –por más que intentara el padre en ocasiones, con mejor o peor fortuna, nadar y guardar la ropa–, y en cuya casa se celebraban reuniones donde se congregaba la crema de la alta burguesía ilustrada y politizada. Aunque tal vez el desinterés de Andrea por la política, o, mejor, por la actualidad política, se debiera precisamente a su actitud crítica y recelosa ante el mundillo amanerado y esnob de la *gauche divine,* o a la desconfianza que provocaban en ella a menudo la actitud y los manejos de su propio padre, tan poco de fiar como adorable. Lo cierto era que no alcanzaba Inés a comprender que su amiga, cuando se conocieron, pudiera pasar días y días sin hojear un periódico, ni que, cuando lo abría, fuera siempre por las páginas culturales y todavía con mayor frecuencia por la cartelera de espectáculos, mientras que para ella era obligado empezar el día, compartir el primer cigarrillo y un café muy cargado, con uno o mejor dos periódicos. Incluso en Palma saldría Inés del hotel sólo ducharse y antes del desayuno para conseguir en conserjería o en el kiosco de la esquina, no sólo *El País,* sino también la prensa local, mientras se daba Andrea media vuelta en la cama, atusaba la almohada y seguía ganduleando, quejándose de lo tempranísimo que era y preguntándose qué demonios se podía encontrar en *El Diario de Mallorca* o en el *Baleares,* como no fueran las notas de sociedad y los eventos locales. No podía entender Inés que Andrea no viera más que por azar los informativos de televisión, y tuviera noticia de los grandes acontecimientos internacionales por medio de terceros y con días de atraso. «¿Cómo te las compones para no enterarte de nada, cómo puedes vivir al margen de lo que ocurre en el mundo?» Y Andrea: «Bien, si se trata de algo realmente importante, siempre terminas por enterarte», y después, tomándole juguetona el pelo: «De la llegada de Fidel al poder tardé en enterarme unos cuantos días, pero la muerte de Kennedy la supe enseguida.»

Ahora, a través de Inés, de los integrantes de la tertulia del bar de la Facultad –a los que, caso de no existir Inés, no habría prestado jamás atención– y de gente que ellos le presentaban, había entrado Andrea en contacto con personas distintas a las que se integraban en el grupo de sus padres, gente que se reunía para conspirar en los salones, en las casas de la costa o junto a las piscinas de las torres de la parte alta de la ciudad; muy distintas también, no ya a sus «mariachis», sino a los universitarios interesados en la literatura, en el teatro, dotados casi todos de vocación artística, que había frecuentado en primer curso. Había conocido ahora a gente que poco tenía de divina, en ocasiones con una formación intelectual limitada, pero que se la jugaba de veras, que corría riesgos reales. Gente que había pasado noches en los calabozos de la comisaría, incomunicada por tiempo indefinido, sin conseguir siquiera ver a sus abogados, que había padecido interrogatorios bochornosos y humillantes, orquestados por el carnicero de turno –que poco tenían que ver, le parecía a Andrea, con los interrogatorios de guante blanco que seguían a los encierros y manifestaciones de destacados artistas e intelectuales–, que había sido tal vez apalizada y torturada –nunca se atrevería a preguntarlo, muerta de vergüenza ante la mera posibilidad de que sí hubiera sucedido, como si se tratara de algo vergonzoso y obsceno, mucho más obsceno e íntimo que cualquier cuestión relacionada con el sexo–, que había ido a parar en ocasiones años enteros a la cárcel, y todo ello sin que lo radiaran las noticias de la BBC, ni apareciera en *Le Monde*, sin que se desencadenara a nivel mundial una oleada de solidaridad y de protestas. Personas que habían pasado media vida haciendo copias de ciclostil, colaborando en imprentas clandestinas, repartiendo octavillas, llevando de un lado a otro paquetes de los que no conocían siquiera el contenido. ¡Años y años de miedo y de falta de sueño, acostándose de madrugada para tener que levantarse temprano y estar a las ocho de la mañana en el trabajo, y todo sin la más remota aspiración de hacer carrera política! Y a Inés el asombro, la admiración sin límites que manifestaba su amiga por esa forma de militancia, la conmovían y, algunas veces, la irritaban: «¡Pero tú no podías ignorar que existía en el país gente como ésta! ¡No

60

podías creer que el mundo se limitaba a los grupos de teatro universitarios, las aulas de poesía, las izquierdas divinas!»

Ahora Andrea se levantaba temprano por las mañanas (quizá por primera vez en años, pues hasta al colegio se había habituado a llegar tarde los últimos cursos de secundaria), escuchaba las noticias de la BBC mientras se daba un baño, y, antes o después del desayuno con Inés, llevaba a cabo una exhaustiva lectura de *El País*, como si tuviera que rendir examen. Seguía puntual todas las clases, incluso aquellas en las que no pasaban lista y que no tenían para ella, ni para ningún otro alumno, el menor interés. Se arriesgaba en incursiones campestres y hasta llegaba a coger alguna florecilla silvestre que tuviera la gentileza de brotar al borde mismo del camino, e incluso –y era lo que más divertía a Inés– se estaba habituando a vestir de un modo menos llamativo, a reducir por las mañanas el maquillaje a una mínima expresión y a usar zapatos de menos tacón. Con ese nuevo aspecto, asistía a conferencias sobre temas políticos, a asambleas de estudiantes y a algunas reuniones del Partido (en aquellos momentos el Partido con mayúscula seguía siendo el Comunista, lo mismo en Villa Médicis que en la universidad). Andrea escuchaba con devoción de neófita a polemistas y conferenciantes, tomaba a menudo nota de lo que se decía y había iniciado una metódica y acelerada lectura de la lista de libros políticos que había confeccionado para ella Arturo (aunque Andrea había leído bastante más literatura que todos los miembros de la tertulia juntos –incluida Inés–, Ricard había añadido a la lista algunos títulos insólitos, como *La rama dorada* o *La educación sentimental*, ¿cómo se le había ocurrido la insensatez de leer *Madame Bovary*?), libros en los que subrayaba largos párrafos y cuyos márgenes inundaba de interrogantes y signos de admiración, en aquellos puntos que quería luego, si le daban ocasión, aclarar o discutir. Tan formal y aplicada en su reciente condición de militante, que los demás se resistían a tomarla en serio, y la observaban llenos de ironía y desconfianza, preguntándose acaso cuánto iba a durar aquella nueva etapa de la chica rica y malcriada que habían conocido o creído conocer, hasta qué punto se podía confiar en ella para asuntos delicados, y si no sería una imprudencia llevarla a según qué reuniones, mientras que Inés, a pesar de que intentara ocultarlo, se sentía profundamente halagada y conmovida, y un poco asustada también, porque la voluntad de exceso y la capacidad de entrega y de entusiasmo de su amiga le inspiraban en ocasiones miedo y la hacían sentirse en algún modo responsable, como si –a pesar de que le llevaba sólo siete años– se tratara de su hija o de una hermana menor.

CAPÍTULO CINCO

Pasados los días de octubre y la primera quincena de noviembre, en que habían estado casi todo el tiempo en el jardín, en bañador junto a la piscina –pendiente Andrea de mantener el bronceado uniforme de su piel–, o sentadas a una mesa bajo los árboles, se trasladaron al cuarto de Andrea, muy distinto del resto de la casa, diseñada por el padre, donde se conjugaban suelos de parquet oscuro, cubierto a trechos por tupidas alfombras –que reproducían modelos decó o habían sido creados especialmente por Miró o por Chillida, y realizados luego con lanas de la mejor calidad en telares artesanos–, amplios ventanales de carpintería metálica que abrían todas las habitaciones al jardín, paredes blancas y casi vacías –sólo un Ràfols Casamada, un Tàpies, un Guinovart–, muebles de diseño –dotados todos ellos de nombre y apellido, ni un solo expósito– y profusión de plantas de interior, mejor o peor cuidadas según el humor de la madre o de la criada de turno, pero que no alcanzaban jamás el grado de abandono del jardín.

La habitación de Andrea, muy espaciosa, era una

63

mezcla incongruente de cuarto de juegos de los niños
y alcoba decimonónica de muchachita rica, caprichosa
y un punto descocada, tipo Scarlett O'Hara o cualquiera de sus amigas sureñas. Sin que sus padres se metie-
ran en nada –casi nunca, para bien y para mal, se metían en nada–, Andrea había luchado contra la arquitectura y la decoración del resto de la casa y había
conseguido un resultado insólito. Una cama grande,
casi de matrimonio («Me gusta dormir desparramada», había explicado, «y además, en invierno, cuando
no sufre del calor, Strolch se instala en mi cama»,
como si fuera lo más natural del mundo que un es-
pléndido pastor alemán, de cincuenta kilos, además de
bañarse en la piscina de los humanos –había unos peldaños especiales para él, para que pudiera salir con fa-
cilidad y no corriera el riesgo de ahogarse– siempre
que le venía en gana, además de destrozar a su antojo
el jardín, se encaramara como un perrillo faldero a
dormir junto a su dueña, y había añadido ésta, risueña, adivinando lo que estaba pensando Inés: «Él no
tiene excesiva conciencia de su tamaño, sabes, de cachorro era una bolita de peluche que se pasaba el día
en brazos, y luego, cuando creció, pretendía seguir haciendo lo mismo y no se resignaba a aceptar que ni podía yo con su peso ni cabía él en mi regazo.» E Inés:
«A lo mejor no tiene siquiera conciencia de que es un
perro.» Y Andrea: «Es muy posible»), cubierta por una
colcha de ganchillo obra de una de sus tías; un tocador
isabelino de caoba, con espejo ovalado y faldas de tul,
sobre el que se alineaba un juego de peines y cepillos
de plata, que parecía estar en uso y no ser sólo un ele-

mento decorativo; una tupida moqueta color fucsia que se extendía al suelo del cuarto de baño, y, junto a la cama, una mesita de marquetería, también isabelina, que servía de apoyo a una lámpara de cristales de colores. Y luego, en aparente discordancia, un enorme oso de peluche sobre la colcha de ganchillo (Inés no había visto nunca uno de aquel tamaño); retratos de Freud, de Sara Bernhardt, de Kafka, de James Dean, y un par de reproducciones de pinturas prerrafaelitas colgando de las paredes, e, intercaladas entre los bloques de libros, en las largas estanterías, figuritas en porcelana de los animalitos de Beatrix Potter, una Blancanieves con cuatro enanitos (los otros tres se habían ido rompiendo y no había logrado reponerlos), una bonita sirena de cerámica con el cabello azul y una cola multicolor, que observaba con desconsuelo el inútil zapatito que sostenía en una de las manos, y una nutrida colección de caleidoscopios y de cajitas de música.

Y el primer día que se trasladaron a estudiar allí, le había mostrado Andrea la habitación cual si se tratara de la visita guiada por un museo o por un palacio, pero había algo más: se estaba explicando a sí misma –le estaba proporcionando claves precisas– al explicarle a Inés cómo había llegado cada objeto hasta allí y cuál era su oculto significado. «En el lugar donde habitamos hay siempre mucho de nosotros mismos, ¿no te parece?», había preguntado. Y había respondido Inés, que estaba pensando que su propia habitación no era ni de lejos tan personal y para quien tenían importancia mucho menor los objetos de los que se rodeaba o que simplemente, sin haberlos elegido ni rechazado, la rodeaban: «No sé si siempre, pero en tu caso seguro que sí.» Y en aquel preciso instante había intuido de nuevo Inés a una Andrea tan niña, tan inerme, tan necesitada de afecto, tan distinta a la muchacha desenvuelta y provocativa, ligeramente insolente, que cruzaba por el bar de la Facultad escoltada por sus «mariachis», que, en un brusco arrebato de ternura, la había cogido por los hombros, la había estrechado entre sus brazos y había pretendido darle un beso en la mejilla. Pero allí la aguardaba la boca ávida de Andrea, los golosos labios entreabiertos, y se habían encontrado, tal vez sin saber cómo –tal vez Inés sin saber cómo–, abrazadas las dos, de pie en el centro de la habitación, entre los peluches y las figuritas de porcelana, bajo las miradas atónitas de la sirenita, de Blancanieves, de Strolch, sonando todavía la melodía de una de las cajitas de música, en cuya tapa giraba sobre un solo pie una bailarina. Y habían permanecido así un rato larguísimo, Inés con el corazón desbocado, un corazón delator cuyos latidos parecían retumbar en la casa entera, tan turbada como el día de la proyección de *El acorazado*, cuando había desparramado Andrea la cabellera oscura sobre sus rodillas, pero sin que la intensidad de la emoción eliminara la conciencia de dónde estaban, el temor de que pudiera asomarse alguien, la madre, una persona del servicio, a la puerta o al balcón que se abría al jardín, y estremecida Andrea desde los pies hasta la punta del pelo, emitiendo un sonido ahogado, un gemido, un ronroneo, olvidada del mundo, ajena a cualquier otra realidad que no fuera ellas dos, indiferente a quién pudiera asomarse a la puerta o al balcón. Hasta que había cesado la música, había dejado de girar sobre un solo pie la bailarina, y entonces Inés se había desasido suavemente, se había apartado y, en un intento por romper el hechizo y regresar a la cotidianidad, había dicho con voz rota lo primero que se le había ocurrido: «Me parece que hemos olvidado el diccionario de inglés en la piscina.» Y había reído Andrea muchísimo.

A partir de ese primer beso en el dormitorio de Andrea, todo siguió en apariencia igual, pero ahora, en cuanto quedaban solas las dos, y estuvieran donde estuvieran –en casa, dentro del coche, en plena naturaleza, incluso en la reducida intimidad de un taxi, de un ascensor, o en la precaria intimidad de un café oscuro y vacío–, sus manos y sus bocas tendían unas hacia otras, ávidas e insaciables, cual si estuvieran dotadas de vida propia y actuaran por sí mismas, sin tener que aguardar para nada las órdenes dictadas por el cerebro. Podían estar las dos tiempo y tiempo abrazadas, sintiendo el cuerpo de la otra debajo de la ropa, besándose en la frente, en la boca, en los ojos cerrados, olvidada Andrea del mundo, en un abandono y una dicha total. «¿Sabes?, me gustaría que la eternidad, que siempre me dio miedo, porque no era capaz de imaginarla ni en el cielo ni en el infierno, comenzara ahora mismo, no me aburriría nunca de una eternidad en la que estuviéramos juntas», y luego riendo: «¿O te parece una de mis bobadas retóricas y supuestamente trascendentes?» Mientras que Inés, acaso no menos apasionada ni menos dichosa, era incapaz de concebir una eternidad así, solas las dos en el mundo, del mismo modo en que era incapaz de un abandono total, siempre pendiente de pasos o rumores que anunciaran la proximidad de alguien, o de que se diera vuelta y mirara hacia ellas el taxista, o de que las sorprendiera el camarero, o de que alguien abriera en un piso intermedio la puerta del ascensor, pues sabía que iba a sentirse, aunque no existiera para ello razón, terriblemente avergonzada y humillada, ella, que no había robado jamás un libro, que no había copiado jamás en un examen, no sólo por reparos morales, sino por temor a que la pillaran en falta.

Ahora iban Andrea e Inés juntas a todas partes –a la universidad, a conferencias, al cine, al teatro, de exposiciones, de compras–, de modo que los amigos (los amigos de Inés, porque los de Andrea no se los había llegado siquiera a presentar y debían de haber desaparecido de su vida, defenestrados con tanta rapidez como los «mariachis») se habían habituado, con malicia o sin ella, a no invitarlas ni proponerles plan ninguno por separado, lo cual le parecía a Andrea lo más natural del mundo –de todos modos no iba a aceptar ella una invitación que no incluyese a su amiga–, pero despertaba cierto resquemor en Inés, no sólo celosa de su intimidad, sino preocupada por lo que pudieran de ellas andar pensando o murmurando. «Deja que murmuren y piensen lo que les canten ganas, ¿a nosotras qué nos importa?», intentaba tranquilizarla Andrea, pero intuía que a la otra sí le importaba, de modo que no se arriesgaba a concluir en voz alta: «Y además, si lo que andan pensando y murmurando es que estoy locamente enamorada de ti, no es más que la pura verdad.»

Pasaban todavía algunos ratos en la villa de la parte alta de la ciudad, mas, ante la insistencia de la madre de Inés –siempre cariñosa y protectora con los amigos de sus hijos, pero de modo especial con Andrea–, iban muchos días a comer a su casa y se quedaban luego allí buena parte de la tarde. Así había conocido Andrea a Víctor, el único hermano de Inés (seis años más joven que ella, casi de la misma edad que Andrea, cursaba, con mayor éxito que ganas –sacaba sin aparente esfuerzo sobresalientes y matrículas de honor, pero se aburría mortalmente en la mayor parte de las clases y le repugnaban las autopsias y la experimentación con animales, y estaba, por otra parte, cada vez más decidido a no seguir la profesión de su padre y a dedicarse de lleno a la pintura–, segundo curso de medicina), y se habían hecho, casi desde el primer día, amiguísimos. «Te gusta porque es la más guapa de mis amigas», había rezongado Inés en broma, obviamente halagada. Y Víctor: «Claro que es la más guapa de tus amigas y seguramente de todas las chicas de la Facultad, pero ocurre además que irradia vitalidad, tiene un sutil y en ocasiones perverso sentido del humor, que compartimos y del que tú careces (era cierto que se compinchaban y reían a menudo en un aparte los dos) y es un rato lista.» Y a partir de este punto –cualquier pretexto servía– había desarrollado Víctor una de sus insólitas teorías, según la cual las mujeres hermosas eran por añadidura las más inteligentes; ya que, si se les suponía como punto de partida un mismo cociente intelectual a unas y a otras, determinado sin duda por los genes, iban a disponer luego, en el curso de su vida, de más posibilidades de todo tipo, también para desarrollar su inteligencia, las guapas que las feas. Una necedad como tantas otras, argumentaba, dividir el sexo femenino en feas inteligentes y guapas bobas. ¿No recordaban el cuento donde aparecían dos princesas hermanas, una bonita y necia a morir y otra espantosa pero listísima, lo que suponía en los inicios un reparto justo, pero luego la primera conocía a Roquete, más feo que Picio pero inteligentísimo, y le transmitía él su talento, y luego ella a él su belleza, y quedaban convertidos ambos en personas completas y maravillosas, y se casaban y vivían felices, pero ni el lector se inquietaba lo más mínimo por lo que pudiera acontecerle a la otra princesa, ni se molestaba Perrault en informarnos de lo que había sido de ella? Dividir a las mujeres –con los hombres no ocurría lo mismo– en feas listas y guapas necias no era más que un torpe intento de establecer compensaciones, de inventar en la realidad un supuesto equilibrio, un reparto equitativo, obsesionados los hombres con un sueño de justicia, que querían unos ahora ya y que otros, más prudentes, aplazaban para la otra vida. «¡Una mierda que la belleza física no es importante! ¿A cuento de qué se subraya ante la muerte de una joven –por accidente, por cáncer, por lo que sea– que era guapísima, como si esto imprimiera mayor gravedad a la tragedia, lo cual implica que, en contrapartida, la muerte de las feas no es tan importante, o resulta, como mínimo, menos dramática?»

A Inés estos discursos de su hermano la irritaban un poco, pero Andrea los consideraba geniales, y, sobre todo, en sumo grado divertidos y estimulantes, y aseguraba que ella, tan propensa al aburrimiento –de hecho, decía, había oscilado siempre entre el éxtasis y el tedio, hecho que Inés no podía comprender, porque, si bien había estado tal vez más alejada del éxtasis que su amiga, en contrapartida no se aburría jamás, tenía siempre más cosas que hacer que tiempo disponible para llevarlas a cabo–, con Víctor no se aburría nunca. Y él, por su parte, en esta recíproca magnificación, encontraba aguda e ingeniosa cualquier banalidad que surgiera de la boca de Andrea. «¿Qué mayor prueba de inteligencia puede haber», arguyó un día medio en broma, «qué considerarme a mí un genio?» De modo que le reía a Andrea todas las gracias, la ayudaba a mecanografiar los apuntes de clase, sacaba para ella libros de la biblioteca, le enseñaba aquellos de sus dibujos que no mostraba a nadie, le había permitido incluso conducir su moto –hecho sin precedentes, pues, aunque se trataba de una vulgar vespino, tenía por norma no prestarla a nadie–, y le había secado en un par de ocasiones, al salir la muchacha de la ducha o de la piscina, la magnífica mata de cabello oscuro con el secador de mano.

CAPÍTULO SEIS

Una mañana, en la granja donde desayunan, notifica Inés en tono tranquilo, como si se tratara de una comunicación banal: «Voy a tener que irme unos días a Palma, para copiar en el archivo unos documentos que necesito para mi tesis.» Y Andrea, los labios temblorosos y los ojos abiertos de estupor: «¿Por qué no me lo habías dicho? ¿Cuántos días van a ser?» E Inés, tranquila, sonriendo ante lo que le parece una chiquillada: «Te lo digo ahora. No te lo había dicho antes porque no estaba segura de que fuera a ir. Me voy a quedar allí pocos días, como mucho una semana.» Y Andrea, consternada pero tratando de hablar en tono de broma, porque sabe que Inés detesta dramatizar: «¿Pocos días una semana? ¿Qué voy a hacer yo durante esa enormidad de tiempo?» E Inés, riendo: «¡Qué sé yo! Imagino que vas a hacer lo de siempre: ir a clase, estudiar, salir con los amigos, pelearte con tu madre.» Y Andrea, el ceño fruncido: «Una semana entera sin ti da para escribir *La cartuja de Parma*.» E Inés: «Pues escríbela, aprovecha la ocasión para empezar tu *cartuja de Parma*.» Y Andrea, a quien en esos momentos le tiene sin cuidado escribir *La cartuja de Parma* o el mismísimo *Quijote:* «¿Cuándo te vas?» E Inés: «En el barco de esta noche, y no se te ocurra ir a despedirme. Yo te llamaré en cuanto llegue al hotel, ¿vale?» Y Andrea: «Bueno», con un suspiro, «está bien. Tampoco a mí me gustan las despedidas. Y, además, desde que sé que te vas es como si te hubieras ido ya: y he comenzado ya a echarte de menos.»

Y luego, por la noche, en el puerto, Inés en cubierta, después de haber dejado el liviano equipaje en el camarote, el aire frío y salobre golpeándole el rostro y alborotando la corta melena glauca, las luces de la ciudad parpadeando y empequeñeciéndose en la distancia a medida que va la embarcación alejándose del muelle, pensando Inés que también ella va a echar en falta a Andrea, aunque sea una separación tan breve, ahora que se han habituado a verse todos los días (hasta en las vacaciones navideñas han estado casi todo el tiempo juntas –aceptada Andrea en casa de Inés como un miembro de la familia–, salvo en la comida del día de Navidad), pensando lo bueno que sería tenerla allí, a ella que ama tanto todo lo que se relaciona con el agua y que parece dispuesta en todo momento a zarpar en cualquier nave. Y de pronto «hola» a sus espaldas, y allí está Andrea, como la realización inmediata de un deseo, surgida mágicamente de la noche, jadeando y resoplando por la carrera, riendo azarada, cual una niña que ha llevado a cabo una travesura de la que espera ser de inmediato perdonada, vacilando con el balanceo del barco sobre unos de esos zapatos de tacones inverosímiles, sorprendentes en una muchacha de su estatura y que a Inés le parecen, en ella o en cualquier otra mujer, el más patente símbolo del sometimiento femenino en un mundo regido por varones, arrebujada en un amplio abrigo de suaves pieles grises que ella no le ha visto nunca. «¡Ya estaban retirando la escalera!», explica Andrea atropellada. «¡Han tenido que volver a ponerla para que subiera yo! ¡Si hubieras oído la sarta de embustes que les he contado!» E Inés, atónita pero desarmada, desbordada por el exceso que es en Andrea, en cuanto a ellas dos atañe, única norma de conducta, sintiendo que le asciende desde las puntas de los dedos de los pies hasta las raíces del cabello una cálida y voluptuosa marejada de felicidad nunca antes conocida, advirtiendo quizás ahora por vez primera hasta qué punto está ella también comprometida e inmersa en esa historia, incapaz de fingir siquiera un amago de regañina, musitando únicamente: «Estás loca, loquísima», con una voz alterada por la emoción, una voz pastosa que rezuma una miel espesa y dorada que se le agarra a la garganta y amenaza con asfixiarla. Y Andrea: «Más loca de lo que imaginas. Me decidí, o, mejor, se me ocurrió, tan en el último instante, que ni tiempo me dio de vestirme y me subí así al primer taxi.» Y entreabre riendo el abrigo de piel, que le ha cogido sin pedirle permiso a su madre, y está debajo de él casi desnuda, sólo la breve braguita de encaje negro ciñéndole las ingles, erguida Andrea cara al mar, en la soledad de la cubierta, como el más soberbio y desafiante de los mascarones de proa. E Inés: «Pero ¿no te has traído nada?» Y Andrea, rotunda: «Nada, ni el cepillo de dientes. Voy a tener que comprarlo todo en Palma.» E Inés: «Ven, bajemos a mi camarote antes de que pilles una pulmonía. Ya te prestaré algo, aunque toda mi ropa te va a quedar pequeña.»

Bajan juntas al camarote y, una vez cerrada la puerta a sus espaldas, aún junto al umbral, se abrazan estrechamente, tan ávidas la una de la otra que permanecen un tiempo allí, postergando la breve separación de unos segundos, de unos centímetros entre piel y piel, que es imprescindible para cambiar de lugar, hasta que se decide Andrea con un suspiro, aparta a Inés empujándola con suavidad por los hombros, se quita el abrigo de piel y lo extiende en el suelo, sobre la raída moqueta, bajo la ventana a la que se asoma desde el exterior la noche oscura, y se tumban sobre él las dos –las literas son demasiado estrechas–, y le va quitando Andrea a Inés la ropa, y se abrazan y besan y acarician incansables, voraces, pero sin urgencia, mecidos ambos cuerpos y acunados por el vaivén del oleaje, pues anda la mar un tanto crecida y revuelta, rodando en algún momento las dos sobre la piel suavísima. Y acaban de quedar profundamente dormidas en un apretado abrazo cuando las despierta el trajín de la llegada a Palma, que seguramente han anunciado hace rato por los altavoces sin que ellas se enteraran, de modo que tienen que vestirse aprisa y corriendo (Andrea un vestido de punto color verde manzana de Inés, que se ajusta como un guante a su cuerpo y deja al descubierto las piernas hasta medio muslo, y bromea Inés: «¡Gordinflona!» y contraataca Andrea: «Flacucha, ¡que pareces un chanquete!»), y meten de cualquier modo las cosas en la maleta, y descienden, a pesar de la pre-

75

mura, las últimas del barco, ante la mirada atenta y curiosa de algunos marineros, que han reconocido sin duda a la muchacha que les hizo colocar a la partida de nuevo la escalera para ascender a bordo, y le brindan ahora una sonrisa cómplice.

Más tarde, en la habitación del hotel (no el hotel que Inés, siempre previsora, tenía reservado de antemano y que, aun no siendo de lujo, no está nada mal, bastaba y sobraba para dos estudiantes como ellas, sino el hotel que Andrea le ha indicado sin titubeos al taxista), encarga Andrea por teléfono y hace que dispongan sobre la mesita de la terraza que se asoma a la bahía un desayuno disparatado, con té y chocolate, huevos pasados por agua, una jarra llena de zumo de naranja recién exprimido, bollos de todas clases, ensaimadas y un amplio surtido de frutas, embutidos y quesos. «Sólo faltaba que pidieras ostras y champán», bromea Inés. Y Andrea: «Ostras no las había y el champán sólo nos gusta a ti y a mí de madrugada.» Aunque luego no come apenas nada, se limita a picotear unos granos de uva negra y a sorber una taza de té. E Inés, titubeando, seria de repente: «Pero ¿cómo estás?, ¿te sientes bien?» Y Andrea: «Nunca me había sentido tan bien, nunca había sido tan feliz, ni siquiera sabía que se pudiera ser tan feliz.» E Inés, un poco incómoda: «Pero ¿no te preocupa nada?, ¿nada te parece mal?» Y Andrea, seria ahora ante la seriedad de su amiga, mas sin acabar de comprender: «¿Qué es lo que debería preocuparme, qué es lo que podría parecerme mal?» E Inés: «¿Ha sido la primera vez?» Y Andrea, perpleja, titubeando: «¿Te refieres a si me parece mal estar enamorada de ti? ¿Me estás preguntando si es la primera vez que hago el amor, o si es la primera vez que lo hago con una mujer?» E Inés afirma con la cabeza, aunque aumenta su incomodidad y se siente a su pesar algo ridícula. Y sigue Andrea: «Bien, de algo, y esto es lo único importante, sí es la primera vez, es la primera vez que me enamoro en mi vida. Creí haber estado enamorada otras veces, claro, pero no tenía nada que ver con esto, ni punto de comparación. La relación más seria la tuve hace un año, poco después de ingresar en la universidad, y fue con un hombre, un chico que terminaba derecho y con el que estuve tentada de irme a vivir. Pero no se trata de que me gusten las mujeres, si es eso lo que piensas y lo que quieres saber. Las mujeres me han parecido desde niña unas pesadas, empezando por mi madre, con la que ya sabes que nunca me he llevado bien. Ni siquiera viví una de esas amistades ambiguas y apasionadas que surgen entre compañeras de clase, o, caso de estudiar en un colegio religioso, con una monja, que he oído contar tantas veces a otras chicas. Se trata de que me gustas tú, de que te amo a ti. Sospecho que me enamoré el primer día que te vi en el bar de la Facultad, sentada a la mesa de tu grupo, tan seria, tan puesta, tan formal, con esos aires de sabihonda que usas a veces, aires de niña aplicada, habituada a ser siempre la primera de clase y a tener un diez en conducta. O tal vez me enamoré de ti incluso antes de verte, al oír por primera vez a mis espaldas, yo estaba acodada en la barra, tu voz, tan pastosa, tan cálida, a pesar tuyo tan sensual. Miedo me daba volverme y sufrir el desencanto de que tu imagen no se adecuara para nada a aquella voz. Y te habría amado fueras lo que fueras, sabes, daba igual que fueras hombre o mujer, te habría amado aunque hubieras sido un pez –y conste que, a pesar de gustarme tanto el mar, o tal vez precisamente por ello, detesto cordialmente a los peces, esos seres viscosos de ojos inmóviles–, te habría amado aunque hubieras sido un canguro, lo cual no presupone en absoluto que hubiera viajado a Australia para agenciarme una sofisticada y extensa galería de amantes marsupiales.» Y ríe Andrea. Andrea desde hace unas semanas ríe todo el tiempo sin ton ni son: le basta mirar a Inés, o pensar en ella, y la risa le brota, espontánea, de los labios. «Yo sí viví en la adolescencia un par de amistades apasionadas», confiesa Inés meditabunda, «pero nunca llegaron a nada, nunca pasaron de unas caricias inocentes y de unos besos, no nos dimos siquiera cuenta de lo que nos estaba sucediendo, y luego, al crecer, desapareció en mí la más remota posibilidad de enamorarme de otra mujer. ¡Qué extraño es todo!» Y piensa Andrea que a ella no se le hace en absoluto extraño. Cosas extrañas hay en el mundo, muchas, y en su mayor parte sórdidas o abominables, pero precisamente ésa, la realidad de que ellas se amen, le parece de una simplicidad extrema, algo tan cierto e inevitable como que amanezca el día todas las mañanas. No obstante, demasiado feliz para desperdiciar el tiempo en discusiones vanas, opta por el silencio, ronronea mimosa, se despereza, se restriega contra Inés, imitando los ruidos y los gestos de los gatos, la conduce hasta la cama, le quita y se quita la ropa, y se acurruca por fin contra su pecho, el mayor número posible de centímetros cuadrados de su piel en contacto con la de su amiga.

Los primeros días en la isla («¿Sabes que yo detestaba las islas y no quería viajar nunca a ninguna, porque me provocaba ataques de claustrofobia la mera posibilidad de querer escapar en un momento dado y no encontrar salida? Y hubo aquí, en Mallorca, casos tan terribles, como el que tú me contaste de los xuetas, devueltos a la costa por un viento adverso y quemados vivos todos ellos, y otros, también espantosos, en el curso de la guerra civil», ha confesado Andrea. «Y ahora, por el contrario, me parecería lo más maravilloso del mundo quedar atrapada aquí contigo. ¿Imaginas que se desencadenara de repente un tremendo temporal, y no pudieran zarpar los barcos hacia ningún puerto, y no pudieran despegar tampoco los aviones, o sí pudieran pero fuera imposible conseguir pasajes, y quedáramos varadas aquí tú y yo días y más días?»), tiene que ir Inés al archivo todas las mañanas, de modo que se levanta temprano (asegura que no le importa madrugar, y tampoco es propiamente madrugar levantarse a las ocho, y, además, no queda otro recurso, ya que el archivo cierra por las tardes, y protesta Andrea que las ocho de la mañana es una hora intempestiva, ni puestas deben de estar las calles todavía, que es un escándalo que un archivo importante no abra por las tardes, y que, si a ella no le importa el madrugón, se debe sin duda a la rigurosa educación que ha recibido en su casa, o tal vez, mejor, a su innato puritarismo, porque Víctor detesta madrugar), baja al comedor –pedir el desayuno en la habitación lleva más tiempo y no le resulta cómodo desayunar en la cama–, y regresa luego un momento para recoger el abrigo y la cartera, y para darle un beso de despedida a una Andrea desmadejada y bostezante, suave y tibia su piel como la de un bebé, suave también y tibio su olor antes de que haya tenido ocasión de enmascararlo tras esos perfumes densos que suele utilizar, y que Inés detesta casi tanto como los zapatos de tacón de aguja y los abrigos de piel, una Andrea que musita invariablemente con voz mimosa: «No te vayas.»

Andrea se esfuerza después en permanecer aún dormida todo el tiempo posible, inmersa en un delicioso duermevela abierto y propicio a los ensueños, nada que ver ese dormitar, y ni siquiera un sueño más profundo, asimismo placentero, con el sueño sin sueños de la muerte. Se levanta tarde y se demora mucho rato en el cuarto de baño –le gustan los baños largos, el agua progresivamente más caliente y con mucha espuma, la radio sonando a medio volumen y el primer cigarrillo de la mañana entre los dedos– y una eternidad en el desayuno, que ella sí se hace subir a la habitación y disponer junto a la cama, casi tan abundante y variado como el de la primera mañana con Inés, aunque luego se limite a sorber una tras otra dos o tres tazas de café y a desmigajar bollos y ensaimadas, pues es cierto que el amor le quita, como a las heroínas románticas, el apetito. Lee después la prensa que le han llevado junto con el desayuno (no olvida su papel de estudiante aplicada, sabe que leer el periódico por las mañanas es casi tan obligado como lavarse los dientes, y teme que, caso de terciarse un examen –antes de ponerse al trabajo, Inés habrá leído como mínimo *El País–*, puedan pillarla en falta), y holgazanea todavía un poquito más, hasta que el exceso de cama empieza a producirle jaqueca. Entonces se sienta ante el espejo del tocador y se maquilla con cuidado, no para estar más hermosa, sino porque la divierten como un juego los afeites y los disfraces, y la divierte provocar a Inés y oírla rezongar, aunque, en realidad, está haciendo todo esto con el objetivo primordial de que la espera hasta la hora del mediodía en que podrá recogerla en el archivo no se le haga interminable. Pero incluso así se alargan los minutos, se hinchan desmesurados, como si fuera ahora, en el paréntesis en que permanecen separadas, cuando se hubiera detenido el tiempo y hubiera dado comienzo la eternidad –una eternidad sin Inés supondría el peor de los infiernos imaginables–, y la mera aprensión de que pueda acontecer algo que le impida volverla a ver la sumerge en una ansiedad intolerable, y, a pesar de que lucha denodadamente para resistir hasta el máximo punto posible la urgencia de volver a mirar el reloj, se maravilla, cuando por fin cede y lo hace, de que puedan avanzar en ocasiones las manecillas tan y tan despacio. Tentada está todos los días de telefonear al archivo para asegurarse de que Inés sigue bien, de que no ha sido secuestrada por un clan de maníacos homicidas ni ha perecido en un miniterremoto que ha afectado sólo a la sala de lectura, o para proponerle que deje ya de trabajar, porque va ella a recogerla ahora mismo en un taxi, pero no se atreve a interrumpirla de ese modo en su trabajo, pues le consta que Inés, por mucho que a su vez la quiera y por mucho que desee también estar a su lado, no consigue entender esas impaciencias mortales, ese pavor irracional que la asalta a veces, de hecho casi siempre, cuando llevan un rato separadas, ese modo brutal de echarla de menos, ese sentimiento de pérdida, que la invade a los cinco minutos de dejarla y que la obliga a agarrarse al primer teléfono que encuentra en su camino como única tabla de salvación en el proceloso océano de la ausencia, y esa desmesura del amor de Andrea que establece el exceso como norma y pone el mundo patas arriba por una chiquillada la tiene sin duda en parte fascinada, la arrastra con su fuerza tremenda, pero, acaso por ese mismo motivo, le inspira cierto temor y le desagrada sobre todo lo que implica de inútil sufrimiento por parte de su amiga. De modo que Andrea, la descontrolada, controla lo mejor que puede sus impaciencias y temores –dejar de sentirlos, como quisiera Inés, le es inalcanzable–, mientras va siguiendo el lento sucederse de los segundos, y abandona el hotel lo más tarde que se lo permite su ansiedad, y se encamina luego a pie hacia el archivo, eligiendo de forma deliberada el trayecto más largo –también el más hermoso–, respirando hondo para que la invada y la impregne el olor a mar –desde Villa Médicis se divisa el mar, pero no se alcanza a percibir su movimiento ni su aroma–, entrecerrando los ojos y avanzando casi a ciegas bajo el sol invernal –hace un tiempo frío, pero no se distingue una sola nube en el cielo uniformemente azul–, deteniéndose para ver jugar a unos niños, bromear a unos adolescentes, camino seguramente de sus casas después de sus clases en el colegio o en el instituto, para contemplar los árboles y las flores de los parterres, sin conocer el nombre de ninguno (abetos o sauces o cipreses no son), parándose ante casi todas las tiendas (los escaparates se han transformado en vitrinas donde se exhiben o no objetos que a Inés –por otra parte tan poco consumista– le podrían gustar, del mismo modo que cualquier proyecto para el futuro, lo mismo da que sea para esa misma tarde que para cuando cumplan cien años, son ya únicamente posibles experiencias que compartir), y entrando a comprar algo casi siempre absurdo y encantador, que, sobre todo si es caro, provoca en Inés, poco caprichosa y nada apegada a las chucherías, cierta alegría, pero también cierta perpleja incomodidad.

Avanza ahora Andrea por el paseo junto al mar con esa sonrisa que se ha hecho frecuente en sus labios, que se desgrana en ocasiones en una callada risa, de modo que anda, piensa ella, como una tipa loca que se ríe a solas, no porque algo en particular le parezca gracioso, sino porque la desborda la ternura, le basta pensar en Inés –y no piensa casi en otra cosa– para sonreír, y despierta con un brusco sobresalto de su ensimismamiento cuando un desconocido interpreta equivocadamente su actitud e inicia los preliminares de un acercamiento o se precipita directamente al abordaje, porque desde hace mucho, desde los albores de una adolescencia repentina, que la transformó en pocas semanas de chiquilla esmirriada y zanquilarga en mujer esplendorosa, casi excesiva para su edad, la han mirado los hombres por la calle, al entrar en un bar, en un restaurante, en cualquier habitación, y está habituada

83

al fastidio o al halago de esas miradas apreciativas, admirativas, en ocasiones groseras, pero nunca hasta el punto en que le ocurre ahora. («Seguramente porque nunca has estado tan bonita», le dice Inés, mitad en broma, mitad envanecida –aunque a ella le desagrada y la hace sentirse incómoda ser el centro de todas las miradas–, y debe de ser cierto, tal vez no haya en efecto nada tan embellecedor como el amor, porque está ahora Andrea como encendida por dentro, como si difundiera a su alrededor una aureola de luz, y nota a cada rato las mejillas arreboladas y la mirada alternativamente abrasada y húmeda, en los ojos inmensos, y le destilan los labios miel, que le resbala casi visible por las comisuras de la boca si no está a su lado Inés para sorberla, para lamerla, cuidadosa y aplicada, y siente al caminar, o al realizar cualquier otro movimiento, todo su cuerpo vivo, como no lo había estado antes nunca, cual si hubieran despertado en él partes adormecidas de las que no tuvo jamás noticia, consciente ahora por vez primera de los más secretos e ignorados recovecos, todos los centímetros de su piel hasta un límite casi doloroso sensibilizados.)

Pero es en estos días demasiado feliz Andrea para enojarse, como a veces solía, por las miradas descaradas y valorativas de algunos transeúntes, ni siquiera la saca de quicio que la desnuden con la mirada o que le lancen comentarios soeces, de modo que se limita a desvanecer la risa boba que le bailotea en la boca, a ocultar aprisa la lengua, que ha estado asomada con la punta hacia arriba recorriendo golosa el labio superior, se limita Andrea a mirar en otra dirección, a ace-

lerar el paso, o a adoptar, como mucho, un aire de
ofendida dignidad –tan ridículo–, sin otro objetivo que
evitar el acoso y cerrar el paso a la persecución, pues
la fastidiaría en extremo, eso sí, que le siguieran los
pasos, que se pegaran a su vera susurrando cursilerías
y cochinadas y echándole a perder el goce del paseo.
Hasta que al poco rato se olvida, fijo su pensamiento
en Inés y perdida de nuevo la conciencia de cuanto la
rodea, o atenta sólo a los árboles, a las flores, a los niños, al áspero aroma del mar en invierno, y torna a
sonreír bobamente, y se le escapa indecente la lengua
rosada, lengua de bebé, entre los labios suaves que
rezuman miel, y vuelve a mirar incautamente a la
cara, sin verlos, a los transeúntes que se cruzan en su
camino.

A pesar de tantos esfuerzos y de tantas deliberadas
demoras, Andrea llega al archivo, todos los mediodías,
con veinte minutos de antelación. Se mete en el vestíbulo, bien arrebujada en el abrigo de pieles, y finge
leer con renovado interés –siempre son las mismas–
las notas fijadas con chinchetas en el tablón de anun-
cios, o sale a pasear su frío y su impaciencia de un
lado a otro de la calle, desde el kiosco de periódicos y
golosinas hasta la farmacia. Y sale por fin Inés –carga-
da con la cartera y con varias carpetas llenas a rebosar
de fotocopias–, en avanzado proceso de congelación,
porque en esta isla mediterránea se supone que el cli-
ma es en todas las estaciones benigno, de modo que la
calefacción brilla por su ausencia en casi todos los edi-
ficios, salvo en los restaurantes y en los hoteles de lujo,
y está casi a la misma temperatura la biblioteca del ar-

chivo que la calle, con la diferencia de que en aquélla no da por las mañanas el sol. Y a Andrea se le encoge el corazón, la domina un temblor, ante la proximidad de Inés. Hubo un amigo de sus padres, recuerda, multimillonario, sensible, culto y encantador –el amigo de sus padres que ella prefiere–, que, enamorado de Venecia, decidió establecerse allí hasta el día en que la ciudad dejara de asombrarle y sobre todo de emocionarle, y ese día tardó varios años en llegar, hasta que una tarde, a su regreso de Milán, dejó el coche en el parking, subió al *vaporetto*, anduvo hasta su casa, ensimismado en sus pensamientos, de modo que se encontró ya en el umbral, las llaves en la mano, sin haber reparado en el magnífico crepúsculo de la ciudad bellísima, y aquella misma noche se marchó de allí para nunca regresar. Y se pregunta ahora Andrea si será posible que la intensidad de este amor, tal como ahora lo siente, de esta pasión que hace que todo en ella se altere y conmocione, que hace que le asomen las lágrimas a los ojos y le sea imposible musitar una sola palabra ante la proximidad de Inés, se prolongue hasta la muerte, y no alcanza a pensar sin una angustia desolada que pueda un día terminar, desvanecerse o, y no sabe qué sería peor, transformarse en un sentimiento distinto, estable y atenuado, que sabe no le va, después de haberlo vivido con la intensidad con que lo está viviendo ahora, en absoluto a bastar ni a interesar.

Descarga ahora Andrea a Inés de parte de sus carpetas, le da un beso en la mejilla, sólo un tris más apretado y más largo de lo convencional –sabe cuánto incomodan a su amiga las manifestaciones de afecto

en público–, la toma del brazo, le coge una manita gé-
lida y la frota entre las suyas, siempre más calientes,
hace lo mismo con la otra y la guarda luego, sin soltar-
la, en el bolsillo de su propio abrigo, y avanzan juntas
las muchachas, muy pegadas, sosteniéndose casi la
una a la otra, el paso un poco apresurado, siguiendo la
línea del mar bajo un sol de oro pálido, camino del
restaurante, casi vacío en esta época del año, en el que
entraron el primer día por azar y al que regresarán los
demás días –aunque proteste Inés de que es muy caro,
¿de dónde demonios saca Andrea tanto dinero?–, porque es ya su restaurante, y tienen ya incluso su mesa,
junto a la amplia cristalera que da a la playa, como si
fueran a quedarse para siempre en esta ciudad.

CAPÍTULO SIETE

El sábado es el último día de su estancia en Palma y ha terminado Inés su trabajo en el archivo, y, aunque se lamenta de que no ha ido a visitar a los padres de Ricard como le había prometido –dos viejecitos encantadores, sobre todo el padre, a los que había conocido unos meses atrás en Barcelona–, también a ella le da una pereza inmensa y desiste ante las primeras y previsibles protestas de Andrea («¿Por qué te los tuvo que presentar, y por qué vas a ir tú ahora a su casa, como si fueran tus futuros suegros?»), así que alquilan un coche y se lanzan a recorrer la isla al azar, aventurándose por carreteras en esta época apenas transitadas, que suben y descienden montañas y siguen a trechos la orilla del mar. El frío intenso que reina en el exterior hace que el refugio del coche resulte todavía más cálido, más íntimo. «¡Lástima que no tengamos radiocassette!», suspira Inés. Y Andrea, que estaba conduciendo ya despacio para no perderse el paisaje –un paisaje con mar a un lado, mar en la línea del horizonte, mar al pie de las laderas de las montañas: todo marinas–, aminora todavía más la marcha. «¿Qué quieres que te cante?» Y va enumerando Inés tangos y boleros y habaneras, todo canciones antiguas que seguro que su amiga no conoce. Y asegura Andrea que sí, aunque pueden fallarle las letras; e Inés, que las recuerda bien, a pesar de tener pésimo oído y de no ser capaz de hilvanar tres notas seguidas sin desafinar, le va apuntando en susurros los textos, en los puntos en que Andrea enmudece o vacila. «Sabía que te gustaba mucho bailar y que lo hacías muy bien, pero no que tuvieras una voz tan hermosa.» Y Andrea: «Mi madre sí tiene una voz maravillosa, no una de esas voces almibaradas y quebradizas de las cupletistas o las sopranos ligeras, sino una voz de contralto, más baja que la mía, aterciopelada y profunda, que a veces me produce escalofríos. Estudió toda la carrera en el conservatorio con notas brillantes, sabes, y los profesores la animaban a que se hiciera profesional, pero mis abuelos no hubieran estado conformes y además conoció entonces a mi padre y se casaron enseguida.» E Inés: «¿Crees que abandonó el canto por tu padre?» Y Andrea, dubitativa: «No lo sé, de veras no lo sé. Ella asegura que lo dejó porque carecía de talento suficiente para triunfar de verdad. Mi padre no la forzó a nada, aunque debió de aceptar encantado tenerla sólo para él todo el tiempo. Pienso que mi madre es demasiado inconstante y perezosa para perseverar en nada.» E Inés, sombría: «De todos modos, ¡cuántas vidas de mujeres desperdiciadas!» Y Andrea, ahora riendo: «¡Tranquila, Inés! A nosotras no puede sucedernos nada parecido. Yo seré una autora famosa, famosa y buena, y te dedicaré todas mis novelas, y tú sacarás la tesis *cum laude*, descubrirás una nueva filosofía de la historia y darás conferencias doctísimas en las universidades de todo el mundo.» E Inés, riendo también: «¡No seas absurda! ¡Ni se me ha pasado nunca por la imaginación dedicarme a la filosofía de la historia, bastante trabajo tengo ya con los xuetas de Mallorca! Pero tú sí puedes llegar a ser una excelente novelista.» Y Andrea, mimosa: «Y, si llego a serlo, ¿me querrás tú más?» E Inés: «Desde luego que no, boba, tontísima. Yo te querré lo mismo, hagas lo que hagas. Y tú has escrito desde siempre, escribes desde mucho antes de haberme conocido y seguirás escribiendo toda tu vida pase lo que pase.»

Y cuenta ahora Andrea con voz suave, ensimismada, conduciendo despacio por la carretera que corre junto al mar y que las devolverá a Palma: «Cuando yo era muy pequeña, sabes, me sentía muy desgraciada, muy triste, y lo decía, y casi todos los adultos que me rodeaban protestaban que no sabía de lo que hablaba, porque era la infancia una edad privilegiada y, cuando creciera, me daría cuenta de lo muy feliz que había sido en ella sin saberlo. Y a mí me ponía furiosa que no me creyeran, que no entendieran nada, y me repetía: Me acordaré, juro que me acordaré siempre. Y no lo he olvidado. Sé que, existieran o no motivos objetivos, fui una niña triste. Pues bien, ahora me ocurre lo mismo, pero al revés. Sé que esto que sentimos, esto que tenemos entre las manos –tibio y suave y frágil y tiernísimo como un cachorrillo recién nacido– es la felicidad. Antes de encontrarte a ti, no sabía en qué consistía, a pesar de que creía haberla experimentado algunas veces, y estoy convencida de que muchas personas, la mayoría, mueren sin haber tenido ni el más leve atisbo de lo que es. Pero ahora tú y yo sí lo sabemos, y no serán admisibles posteriores olvidos: la felicidad, aunque rara, aunque infrecuente, aunque difícil, existe, y poco tiene que ver con la alegría, con el placer, con un amable bienestar. O sea que nadie nos podrá engañar ya nunca con sucedáneos, y, si la perdemos, perdida quedará, y no pretenderemos haberla transformado en otra cosa –haber transformado este amor, porque amor y felicidad son aquí lo mismo, en otra cosa–, ni rescatar los restos del naufragio, porque la genuina felicidad no admite, por esencia, metamorfosis ninguna ni parciales rescates, no puede ni siquiera madurar, y, si se rompe, acuérdate de Clark Gable y no te rías, no vamos a ir recogiendo los pedazos y recomponiéndola como si se tratara del jarro de porcelana más bonito de nuestros abuelos. ¿Estás de acuerdo?» Inés asiente, se aprieta contra ella, deposita la cabeza en su hombro, murmura que sí está de acuerdo, conmovida por esa imagen que Andrea convoca a menudo, como un fantasma, entre las dos, esa criaja triste y solitaria, con dos hermanos mayores que, por razones de edad y de sexo, la ignoran –y a los que ella, en represalia, incordia cuanto puede–, ese padre seductor y famoso, que todos cuantos les conocen aseguran la prefiere y la adora, pero que anda siempre supuestamente ocupadísimo, siempre ausente, un padre al que sólo ve más de tres minutos –los suficientes para entrar en el dormitorio o en el cuarto de juegos, cogerla en brazos y darle un beso– de uvas a brevas, y una madre –acaso más obsesiva y celosa que enamorada, aunque le ame mucho– que mantiene con él –ya desde antes de la gran boda de postín, con más de doscientos invitados, toda vestida de blanco y hasta con lista de bodas, aunque hubiera militado el padre en la izquierda más izquierdosa de la universidad– una curiosa, tal vez una perversa relación hecha a partes iguales de amor y odio, que no le deja tiempo, ni energías, ni espacio para nada más, ni para desarrollar una actividad profesional –ha habido, cuando los hijos han sido mayores, algunos conatos de posibles trabajos, pero se han frustrado enseguida o han abortado ya antes de nacer; y han desembocado invariablemente en conflictos los intentos de colaborar en el despacho del marido, tal vez porque éste ha visto en ellos el afán de mejor controlarle–, ni para seguir dedicándose seriamente a la música, ni para ocuparse tampoco de la casa, donde todo anda siempre más o menos manga por hombro, abandonados hijos y hogar en manos del servicio, de modo que la vida de Andrea ha dependido –en mayor grado que las de sus hermanos, que, tal vez por ser varones, han sabido defenderse mejor– de los cambios de criadas y niñeras, como depende la vida de un perro o de cualquier animal doméstico de los cambios de dueño. Y ese fantasma de niña triste y solitaria, y tal vez por ello en permanente rebeldía, sorprende a Inés, la inunda y la desborda de ternura (pues ahora, piensa aunque no lo dice, además del amor y de la felicidad, han descubierto ambas la genuina ternura, y nadie podrá engañarlas luego tampoco con sucedáneos, porque en este paréntesis mágico que están viviendo juntas todo es, paradójicamente, real). Y la invade un deseo casi doloroso –por lo intenso y por lo imposible– de caminar hacia atrás en el tiempo y darle alcance a Andrea en el pasado, de colmarla de mimos y caricias, de llevarla por la vida –por la torre de sus padres, por la calle, por el colegio– bien cogida de la mano, de dormir abrazada a ese fantasma entrañable, para ellas tan real, pero para el cual ellas no existían. Acentuada tal vez esta ternura porque sí tuvo la propia Inés una infancia feliz (y creyó por las buenas, como los adultos que rodeaban a Andrea niña, que era –salvo en circunstancias muy especiales y desafortunadas, de guerra, de extrema pobreza, de enfermedad– la infancia una etapa feliz y despreocupada), en un hogar menos lujoso, pero económicamente –ha descubierto ella con sorpresa hace poco– más estable, con un padre médico por vocación, que repartía entonces su actividad entre el hospital por las mañanas y la consulta privada por las tardes, pero que les consagraba siempre, a su hermano y a ella, un largo rato por las noches, antes de que se acostaran, aunque lo oían trabajar luego en el despacho hasta la madrugada, e íntegros y sagrados los fines de semana, y una madre que, a pesar de ayudar a su marido en la consulta, se ocupaba con fervor –cualquiera sabía de dónde sacaba el tiempo– en el cuidado de la casa y sobre todo de los niños. («Casi demasiado», ríe Inés cuando Andrea la interroga, envidiosa, como preguntaría una niña somalí por los marrón glacés: «¿Una de esas maravillosas madres pesadísimas que andan todo el tiempo detrás de ti, para que comas algo o lo dejes de comer, para que te pongas una chaqueta y no cojas frío, para que no estés demasiado tiempo en el mar ni te alejes en él demasiado, para que no regreses tarde a casa?, ¿una de esas madres que, hagas tú lo que hagas, no abandonan la firme convicción de que eres la criatura más extraordinaria de la tierra, y, si papá te regaña, te defienden, y, si te castiga sin cenar, te llevan a hurtadillas un vaso de leche y unas galletas a la cama, y hasta van al colegio para defenderte ante los maestros?» E Inés, riendo: «Más o menos, aunque ni a ti ni a mí nos castigaron nunca sin cenar.») Y ahora Inés se apoya de nuevo en el hombro de Andrea, pone una mano sobre la suya en el cambio de marchas y asegura: «Sí, sí estoy de acuerdo, la felicidad es esto.»

Por la noche, están apoyadas Inés y Andrea en la barandilla de la cubierta superior del navío que las devuelve a Barcelona. Solas las dos, porque hace cada vez más frío, mucho más que cuando hicieron la travesía de ida cinco días atrás, y las miran por las ventanas algunos pasajeros con sorpresa, ¿qué diablos hacen ahí fuera esas dos locas?, o con aprensión, ¿no irán a pasar una pierna por encima de la barandilla y a lanzarse al mar?, y hasta se ha asomado un camarero a advertirles, mitad solícito mitad guasón, que pueden pillar una pulmonía, y ha respondido Andrea: «¡Está tan preciosa la noche! ¿Ha visto qué luna?», e Inés, tranquilizadora: «No se preocupe, entramos ahora mismo.» Acodadas pues en la barandilla de la cubierta superior, ante un mar proceloso y oscuro, a pesar de la claridad de la luna casi llena. Y de pronto Andrea, que lleva ya unas horas de talante sombrío y respondiendo con monosílabos a las preguntas de Inés, rompe a llorar desconsolada, no como un adulto, en silencio, las lágrimas deslizándose dóciles por las mejillas, intentando contener o al menos disimular el llanto, sino como una cría, con un llanto excesivo, estremecida por la violencia de los sollozos. «Pero ¿qué te pasa, pequeña?», susurra Inés atónita, asustada, sin entender en esos primeros momentos lo que está sucediendo, mientras la estrecha entre sus brazos y le cubre de besos el rostro. «¿No estás contenta? Han sido unos días maravillosos.» Y Andrea, entre sollozos: «Pero ya han terminado.» E Inés, tratando de consolarla, mas sin comprender esas reacciones súbitas, temiendo todavía que la desesperación de Andrea obedezca a otros motivos: «Sí, han terminado. Todo termina, cariño, aunque dice un poeta que aquello que ha sucedido una vez existe ya para siempre. Y, además, tendremos muchos otros días tan buenos como éstos» (en un tris ha estado de añadir «o mejores», pero no se ha atrevido, no fuera a considerarlo Andrea un sacrilegio). Y Andrea, aferrándose a su amiga como si estuviera ahogándose en mitad del océano: «No, como éstos no.» Y lo ha dicho con tanta convicción que hace vacilar a Inés, que se pregunta durante unos instantes, aunque no es propio de ella preguntarse esas cosas, si será cierto que como ésos no, pues le parece que tampoco ella había sido nunca antes tan feliz. E interroga Andrea, desolada: «¿Qué vamos a hacer ahora?» E Inés, desconcertada, sin estar segura de haber entendido el alcance de la pregunta: «No sé, supongo que lo mismo de siempre, quiero decir de estos últimos meses. Lo hemos pasado y lo seguiremos pasando bien, ¿no te parece?», y, ante el silencio hostil de Andrea y su mirada oscura: «Porque, veamos, ¿tú que querrías?, ¿qué te gustaría?» Y Andrea con voz ahogada: «Vivir a tu lado todos los días de mi vida, todos los momentos de todos los días de mi vida. Despertar todas las mañanas a tu lado en la misma cama y dormirme en tu misma cama todas las noches. Solas tú y yo.» E Inés, conmovida y alarmada a un tiempo: «¡Pero eso es imposible! ¡No seas chiquilla! ¡No podemos aislarnos en un mundo para dos! ¡Ni siquiera creo que sea de veras eso lo que deseas!» Y Andrea, tras un silencio: «¿No te gusta que te quiera tanto?» E Inés, hablando despacio, midiendo las palabras para no cometer una torpeza y herirla: «Claro que me gusta, pero me da un poco de miedo, miedo a que sea malo para ti, a que te haga sufrir, que es lo último que yo quisiera en este mundo». Y Andrea, sin llorar ya y mirándola a los ojos: «Pero ¿tú me quieres?» E Inés: «Claro que te quiero, pequeñaja, te quiero muchísimo, tanto como tú a mí, aunque tal vez de otro modo.» Y Andrea, que no cree que puedan existir dispares formas de amar, distintas de esa pasión absoluta que te arrastra y te condena sin remisión a la miseria o al éxtasis –o acaso, y cruza por su mente un instante la imagen de sus propios padres, a la miseria y al éxtasis aunados–, pero que no se siente en esos momentos con ánimos para argumentar, se aferra a Inés con la fuerza que le infunde ahora por primera vez el terror a perderla: «Júrame que pase lo que pase, discurra nuestra relación por donde discurra, haga yo lo que haga, no vas a abandonarme nunca.» E Inés, con un asomo de malestar –porque sí piensa y desea que la relación con Andrea vaya a durar siempre, pero detesta las situaciones melodramáticas y sabe además que ese tipo de promesas no valen llegado el momento para nada–, decide echarlo un poco a broma, quitar gravedad al instante, y levanta la mano derecha: «Sí, juro. Y ahora entremos a cenar, porque estoy muerta de hambre, y va a ser cierto que, de seguir aquí, pillaremos las dos una pulmonía.»

Y más tarde, ya en el camarote, tras un simulacro de cena (pues Inés, aunque pudiera ser verdad que había sentido hambre, come siempre poco, y Andrea se ha limitado a mordisquear los palitos de pan, dar vueltas en el plato a la ensalada y a la carne, a sorber, ante la insistencia de Inés, «¿Hoy no vas a comer ni siquiera el postre, con lo golosa que tú eres?», unas cucharaditas de mousse de chocolate, porque el amor le cierra el apetito), se acomodan de nuevo en el suelo, sobre el abrigo de pieles, y a Andrea, cuyos estados de ánimo suelen ser –Inés no lo ha aprendido todavía– excesivos y desmesurados, pero poco estables e impredecibles, se le quitan de pronto la murria y la tristeza y los miedos, y no se abraza al cuerpo de Inés como antes en la cubierta, con la desesperación de un náufrago a punto de ser absorbido por las aguas, sino con una ternura extrema, con unos enormes deseos de gozar y de ser sin medida feliz, y ríe y bromea y la mordisquea, y la mece luego en sus brazos como a una niña, invertidos los papeles, y la acaricia despacito, sin apremio alguno, sabiendo que la noche, al menos esta noche, y bien pudiera no amanecer, es por entero suya.

CAPÍTULO OCHO

Un tiempo después de la estancia en Palma, que había durado cinco únicos días, pero que parecía iniciar una nueva etapa de sus vidas, especialmente para Andrea, o era al menos ella quien con mayor frecuencia y calor lo verbalizaba («Ya para siempre», señalaba, arrastrada por el amor a las grandes frases, en las que subsistía empero un punto de ironía, que era tal vez la forma que en ella tomaba el pudor, «habrá un antes y un después de Palma.» Y luego: «¿Te das cuenta de que ahora, desde que nos conocimos, todo lo que acaece es importante y toda fecha es significativa?»), Ricard había vuelto a citar a Inés en el mismo café de su primer encuentro a solas, aquel en el cual, más que declararle su amor, había pretendido demostrarle que estaban hechos de forma inexorable el uno para el otro. Y se había inquietado Andrea en esta ocasión: «¿Qué puede querer ahora ese tonto vanidoso?» E Inés: «Si te vas a poner de mal humor, invento cualquier excusa y no voy.» Pero su amiga se había encogido resignada de hombros, y había discurrido que la citaría entonces en otra fecha, y luego en otra y en otra –imposible que desistiera de su intento una vez tomada una decisión–, y, dado que no iba a librarse de hablar con él, era preferible que el encuentro tuviera lugar cuanto antes, y se enterara Inés de lo que quería decirle, y dejara para siempre las cosas muy claras, y luego se lo contara a ella, pues era a todas luces impensable que Andrea no supiera de principio a fin todo lo que habían hablado.

De modo que, a la hora convenida, había acudido Inés al café, el cual, y no dejaba de tener gracia –¿lo habría elegido Ricard por el nombre?–, se llamaba Paradiso, y tenía en esta ocasión un aspecto por entero distinto, lleno de parejitas de toda edad y condición que se besuqueaban y toqueteaban y susurraban y jadeaban en la penumbra. Y se había levantado Ricard, que ya estaba allí cuando ella llegó, apresurado y apuradísimo: «Perdona, Inés, yo había estado siempre aquí por las mañanas e ignoraba que por las tardes se ponía así. Si quieres pago y nos vamos a otro sitio.» Y había asegurado Inés que no importaba, que ya estaban bien allí (aunque lo cierto era que aquella atmósfera enrarecida, viscosa de deseos exacerbados y sólo a medias satisfechos, le inspiraba cierta repulsión e incluso un poco de vergüenza, sorprendente lo puritana que podía ser una en los momentos más inesperados), y se había sentado a la mesa y había pedido un cubalibre –más acorde con la situación y con el ambiente que un inocente y virginal café con leche–, y le había parecido, y eran aprensiones tontas, que la miraba el camarero con un asomo de burla, con una mirada socarrona. Y después se había dispuesto a escuchar. Y Ricard había titubeado, vacilado, empezado distintas

99

frases que se frustraban a mitad del intento, y luego, de golpe, renunciando tal vez al discurso sin fisuras que traía aprendido y que le habría llevado muchos días preparar, en uno de esos bruscos arrebatos suicidas propios de los tímidos («Se ha echado vestido», habría bromeado Andrea, caso de estar allí y sentir, que no era probable, ganas de bromear), en voz baja, para que no le oyeran desde las mesas vecinas –donde todos estaban por otra parte demasiado inmersos en lo suyo para aguzar el oído y escuchar–, pero recalcando bien cada una de las palabras: «¿Qué es lo que hay entre Andrea y tú?» Y de la sorpresa se le había atragantado a Inés el cubalibre, y lo había mirado atónita, alegrándose de que la escasa luz del local no revelara hasta qué punto se había sonrojado de ira y de vergüenza, hasta qué punto le temblaban las manos, y también ella había subrayado cada palabra al inquirir: «¿Qué estás preguntando? ¿Qué carajo es (e Inés no taquea apenas nunca) lo que me estás diciendo?» Y Ricard, sin la menor vacilación, como si acabara de verificar algo de lo que en el fondo estuvo siempre seguro, había interpretado la perplejidad y el enojo de Inés como una prueba inequívoca de su inocencia, y se había apresurado a disculparse, al tiempo que exhalaba un suspiro de alivio, se relajaba en el sofá, encendía un cigarrillo, sin pedir al camarero un cenicero sólo para él ni llevar cuenta de los que quedaban en la cajetilla: «Perdona, Inés, no pensé ni por un momento que pudiera ser verdad que existiera una relación equívoca entre vosotras dos. Te conozco demasiado bien. Pero esa Andrea es tan rara, tan lanzada, y se ha pegado a ti de tal forma, te sigue de tal modo a todas partes (hasta a Palma se fue hace unas semanas detrás de ti y ni tiempo os quedó para ir a ver a mis padres, a los que yo ya había avisado por carta tu, perdón, vuestra, visita), ni ocasión te deja para estar con los amigos –incluido yo, que aspiro a ser algo más que un amigo–, que han empezado a circular por la universidad habladurías, porque nadie entiende, y no te enfades ahora conmigo, qué puedes ver tú en esa cría malcriada y esnob, con la cabeza a pájaros, con menos sesos que un mosquito, que terminará por meterte en algún lío.» Y había concluido: «Creo que deberías, si no dejar de tratarla, sí verla con menor frecuencia.»

Y había estado Inés al borde de armar, ella tan discreta, una bronca tal que se sorbesaltaran las parejas de las mesas vecinas, interrumpida la labor que les tenía embebidos, que se detuvieran curiosos los transeúntes que pasaban por delante del café, había tenido en la punta de la lengua las palabras más duras para preguntarle quién demonios se creía él que era, en nombre de qué se arrogaba los derechos necesarios para dictaminar, para opinar siquiera, sobre su vida, sin que nadie le hubiera dado vela en ese entierro, a punto había estado de mandarlo directamente al infierno, levantarse y salir sin más del local, pero no había sabido Inés con certeza (y por nada del mundo le confesaría después a Andrea, nunca proclive a comprender cobardías o ambigüedades, estas vacilaciones: en realidad era muy poco lo que iba a poder contarle de la entrevista) cómo iba a seguir actuando ella, después de la violencia de las primeras frases y si no salía inmediatamente del café a continuación: si iba a empecinarse en una furia que el otro, era evidente, interpretaría erróneamente y conforme a sus íntimos deseos como una protesta de inocencia, o si iba a confesarle la verdad: que existía entre ella y esa cría consentida y esnob una relación amorosa importante –¿qué reservas podían conservar, por otra parte, gente como ellos, tan emancipada y progresista, respecto a la homosexualidad?–, que la quería como no había querido jamás a nadie en el pasado y como seguramente no volvería a querer ya a nadie en el futuro, que se amaban de un modo que él no podía ni siquiera imaginar, y que no iba a experimentar jamás en su propia carne, y que tal vez sí tenía Andrea en algunos momentos la cabeza a pájaros, entre otros motivos por ser bastante más joven que todos ellos y mucho más fantasiosa, pero que de sesos de mosquito ni hablar, y que tenía además un cuerpo –ni por lo más remoto se le ocurriría a Inés hacer mención siquiera de su belleza– al que una cultura no aprendida, una sabiduría innata, habían dotado de una sensibilidad prodigiosa, de una imaginación inagotable, de una capacidad de entrega y de goce y de alegría, de dar y recibir placer, reservada tan sólo a unos pocos elegidos.

Pero, por suerte o por desgracia (de haber tenido Andrea conocimiento acabado de lo ocurrido en la entrevista –y no la versión censurada que le transmitiría Inés, deseosa de evitar conflictos y tristezas–, habría dictaminado que por desdicha, ya que hubiera sido mil veces preferible aclarar de una vez por todas la situación y eliminar futuros malentendidos: confesar que eran amantes, y dejar que ardiera Troya, que, por otra parte, tampoco ardería demasiado), Ricard no le había dado apenas a Inés ocasión de hablar y manifestarse, había interrumpido su primera airada protesta sin dejarle tiempo para terminar de explicarse. Ricard había vuelto a pedir disculpas por su atrevimiento –un atrevimiento justificado por lo mucho que él la quería–, había reiterado que todo se lo había dicho por su bien –por el bien de los dos, que venía a ser lo mismo–, y había cambiado de tema, como si tachara de una agenda invisible (Andrea se refería a él en ocasiones como «ese pobre chico que lleva la vida programada en un bloc») una de las tareas a realizar en el transcurso de la jornada –tal vez, cierto, especialmente espinosa y delicada– y había dado por felizmente zanjada la enojosa cuestión. De modo que Inés, antes de tener ocasión de decidir si lo mandaba directamente al infierno o si le confesaba la verdad, se había encontrado inmersa, privilegiada oyente –no en vano insistía él en que era su interlocutor más válido, quizás el único–, en una prolija enumeración y revisión de los problemas de Ricard –expresados con una franqueza que no se permitiría nunca en el bar de la universidad–: la etapa final de la preparación de las oposiciones, que no podía ni soñar en suspender, pero que a veces en sueños suspendía, la preocupación por sus padres, tan ancianos, solos en Palma, y a los que en algún momento, cuando no pudieran valerse por sí mismos o cuando falleciera uno de los dos, habría que traer a vivir con ellos –no se atrevió a especificar con él y con Inés, entre otros motivos, porque la chica no le había dicho en ningún momento que le amara o que pensara en casarse con él–, y la multitud de sus dolencias físicas. Y luego había iniciado una disertación sobre el cine de Ingmar Bergman, de hecho contra el cine de Ingmar Bergman (que Andrea –que consideraba a Bergman uno de los grandísimos narradores de este siglo, al nivel de los mejores novelistas– sencillamente adora), y aquella animadversión no había sorprendido a Inés demasiado, porque era tal vez ante todo el director sueco un extraordinario conocedor de las sutilezas y miserias y contradicciones de la humana naturaleza, en especial de la femenina, sutilezas y miserias y contradicciones que caían fuera del centro de interés del sabio que llevaba la vida anotada en un bloc, del príncipe que lo había aprendido todo en los libros, y además estaba ella segura de que, fuera consciente de ello o no lo fuera, había algo en el modo en que Bergman afrontaba las cuestiones de la muerte, la religión y sobre todo las del amor y el sexo, que a Ricard –tan recatado, tan pudoroso, tan suyo– le resultaba afrentoso y obsceno.

Quizás por primera vez en su vida, Andrea percibió los inicios de la primavera –aquel año muy temprana, no podía creerse lo aprisa que había pasado el invierno– sin entrar en una crisis de melancolía y sin entristecerse. En el jardín, donde reinaba cierto descuido y cierto desorden, pero donde había caído aquel año abundante la lluvia, habían florecido muy hermosos los rosales y estaban despuntando los jazmines y las gardenias, con ese aroma penetrante y selvático que no despiden apenas nunca las flores compradas en las floristerías. Pero, más que los arbustos y las enredaderas y los parterres, le gustaban a Andrea los árboles –aunque no supiera apenas el nombre de ninguno y, cuando sí los sabía, simulara para escandalizar a Inés que los ignoraba–, que amanecían una buena mañana cuajados de un verde tierno, delicadísimo, apresurado, mientras las ramas de la acacia que crecía junto a su ventana, que por nada del mundo hubiera permitido cortar, invadían la alcoba con sus florecillas blancas –que duraban, y eso tal vez se las hacía más preciosas, únicamente dos o tres días–, y en la acacia, como en los restantes árboles del jardín y bajo los aleros del tejado y en los salientes de los balcones, habían anidado ya los pájaros –¿qué ocurriría con ellos si, tras aquella primavera temprana, retornaban los fríos del invierno?–, y el ansioso piar de los voraces, insaciables polluelos, la despertaba con el amanecer, pero a Andrea, a la inversa de sus hermanos, que andaban siempre, cuando paraban en la casa, rezongando y amenazando con evitar de algún modo que los pájaros, alborotadores y sucios, construyeran sus nidos allí –protestas a las que se sumaban las criadas, pero que desoía felizmente la madre–, no la molestaban en absoluto, porque no le era difícil retomar el sueño cuantas veces fuera éste interrumpido y le gustaba dormitar con el barullo de los pájaros y con las primeras luces del alba. Pero en los árboles del jardín de sus padres y en los árboles de tantas calles de la ciudad, cuyas ramas se entrecruzan y unen en el centro de la calzada, construyendo deliciosos túneles de verde y susurrante sombra –le gustan especialmente las florecillas malvas o amarillas que salpican las copas de algunos de ellos, o el contraste magnífico, en otros, entre los viejos troncos oscuros, casi negros, y el verde palidísimo de las primeras hojas–, árboles que considera casi de su propiedad a fuerza de amarlos (se le haría muy duro, piensa Andrea, vivir en una ciudad sin mar y sin calles arboladas), finaliza su faceta bucólica. Y lo que hace con gusto en cuanto comienzan los primeros días templados es pasarse las horas muertas al sol, en la playa o junto a la piscina, leyendo y escuchando música, o, con frecuencia, amodorrada y ausente, mientras va adquiriendo su cuerpo un moreno uniforme y dorado, reducida en apariencia a un vegetal, pero sintiéndose vivir intensamente en esa inmovilidad, mientras que a Inés la falta de actividad –para la que no está en absoluto equipada, activa por naturaleza y acaso también por educación– le sugiere imágenes sombrías y letales, la hace sentirse mal y disminuida, de modo que en la casa, en el jardín, en el campo e incluso en el mar, está permanentemente ocupada en algo, y el mero hecho de verla tan activa le produce a Andrea una desgana y una fatiga infinitas. «¿No puedes parar ni un minuto quieta, no puedes tenderte un rato al sol?», se lamenta, y mientras Inés protesta que a ella el sol en lugar de broncearla le hace caer la delicadísima piel a tiras, concluye Andrea: «Recuerda que es María y no Marta quien se lleva a la postre la mejor parte.»

Más que quedarse en el jardín y junto a la piscina, le gusta a Inés-Marta salir al campo, como lo habían hecho en otoño, y sigue sin comprender que Andrea, ante tamaño esplendor –la abundante lluvia del invierno ha hecho que sea la variedad de verdes suntuosa y deslumbrante–, siga haciéndose la remolona, insista en quedarse dentro del coche, la radio en marcha y el perro, que es otro vago, a sus pies, se muestre reacia a apearse –intencionadamente o no, jamás lleva la ropa ni, sobre todo, el calzado adecuado–, y lo haga por último a regañadientes, para jugar unos minutos con Strolch, haciéndole correr dos o tres veces en busca de una piña o de un pedazo de madera, o detrás de su pelota, los días que no ha olvidado traerla, o para coger unas flores de retama al borde de los caminos. O, todavía mejor que salir al campo, si no le fuera imprescindible tener a mano el material de la biblioteca y del archivo, le gustaría a Inés instalarse para terminar su tesis en la masía que tienen en el campo sus abuelos. «Yo puedo estudiar para los exámenes en cualquier parte y no creo que fuera a ocurrir nada si me saltaba algunas de las clases», manifiesta Andrea, y sigue: «No conozco la casa de tus abuelos, pero te imagino perfectamente triscando por los riscos entre cabritas monteses, durmiendo en un lecho de olorosa paja, devorando enormes rebanadas de pan de payés cubiertas de queso fundido, admirando los colores incendiados de los crepúsculos, cuando el sol envía sus rayos más hermosos a las montañas para despedirse de ellas hasta el día siguiente.» «Bueno, de hecho», rompe a reír Andrea, con esa risa nueva y boba que le brota por menos de nada entre los labios, «dormir las dos juntas en un jergón de paja improvisado en el desván del abuelito, lejos de todo y a salvo de las señoritas Rottenmeier que pueblan el mundo, y ante un ventanuco abierto a la noche estrellada, no me parecería mal. ¿Te he contado que uno de mis sueños de niña era habitar en una cabaña de troncos que hubiera construido alguien en medio del bosque para mí o en un carromato de gitanos? Y sé que vas a pensar que soy una rijosa y una cursi.» Y dice Inés que un poco cursis sí le parecen a veces esas salidas de Andrea, y que la palabra rijosa no debe utilizarse ni siquiera en broma para aplicarla al sentimiento que las une, y que sus abuelos no tienen exactamente una cabaña aislada en las cimas de los Alpes, sino una masía en el Ampurdán, con calefacción central y tres cuartos de baño.

CAPÍTULO NUEVE

A pesar de que está ya relativamente cerca el final del curso, no se han interrumpido las reuniones en el bar de la Facultad. Sólo Andrea tiene que preparar exámenes, mas, a pesar de que a lo largo de todo el invierno, y por primera vez en su vida, se ha tomado en serio los estudios –estudios por los que sus padres no se han interesado jamás y hasta es posible que ignoren qué es exactamente lo que está haciendo su hija en la universidad–, ha presentado los trabajos y ha asistido puntual a las clases, y está ahora estudiando con aplicación y empeño, se las ha arreglado antes y se las sigue arreglando ahora para compaginarlo todo, de modo que, aparte de las esporádicas salidas al campo, siguen yendo Inés y ella al cine, y al teatro, y a ver exposiciones y a pasear, y se les pasan las horas muertas charlando. «El amor me da tanta marcha», le explica Andrea a Inés, con una sonrisa en los labios pero muy en serio, «genera tal cantidad de energía, que no es capaz de consumirla toda en sí mismo, y con la restante basta y sobra para ganar el *tour* de Francia –si pasaba el análisis de dopaje, pues qué duda cabe de que es el

109

amor la más intensa y peligrosa de las drogas–, para construir la gran pirámide china, o para escribir una novela genial. A veces, sabes, me siento tan desbordante de vitalidad que tengo que salir de casa y echar a correr de un extremo a otro del jardín, ante el estupor de Strolch, que nunca me había visto en semejante estado, a mí, perezosa por naturaleza, y trota fiel a mi lado, sin entender nada de lo que está ocurriendo.» E Inés: «Como no te veo acarreando piedras, no creo que llegaras muy lejos como ciclista, y ni siquiera te gusta ir de excursión en bicicleta, lo mejor será que escribas una novela genial.» Y Andrea: «Ya estoy escribiendo. Lo de genial era una broma, pero a ti va a gustarte mucho.»

Arturo no tiene exámenes que preparar, no está estudiando en la universidad, ni terminó siquiera, allá en su pueblo aragonés, la enseñanza secundaria. «Yo era el hermano mayor y en la tintorería había muchísimo trabajo, y además a mi padre estudiar algo que fuera más allá de lo necesario para saber leer y escribir, y las cuatro reglas aritméticas, imprescindibles para llevar la elemental contabilidad del negocio, le parecía propio de señoritos y una pérdida de tiempo, y leer novelas o poesía una maricada. Un día me sorprendió con el *Canto general* en las manos y me estampó de una hostia contra la pared», les cuenta, arrastrado en parte por una autocompasión que lleva siempre puesta, y, en parte, por una invertida vanidad, que le lleva a presumir de sus modestos orígenes y de ser un autodidacta, cuando lo cierto es que, a pesar de que sólo se lo ha dejado entrever a Inés en sus conversaciones a dos, no haber pasado por la universidad es y seguirá siendo un conflicto no resuelto, y se ha planteado en más de una ocasión la posibilidad de pasar por el examen de mayores de veinticinco años e iniciar estudios superiores. Arturo anda desde hace unas semanas atareado día y noche en la preparación de una nueva revista literaria («No existe ninguna mínimamente decente», asegura, y los demás están de acuerdo), que ha de aparecer en septiembre. Y es cierto que no ceja un minuto –trabajador infatigable en tareas trascendentales y no retribuidas–, pugnando por conseguir subvenciones de organismos oficiales de los que abomina y publicidad de las editoriales, y asegurándose la colaboración de amigos y no tan amigos, a los que ofrece una remuneración fantástica –es una vergüenza lo mal que se paga en la sociedad capitalista, sobre todo en España, el trabajo intelectual–, que todo el mundo sabe, ellos los primeros, que no se va a cobrar nunca, pero que Arturo, que tampoco va a cobrar nunca ni la mitad del sueldo que se asigna, se resistiría hasta la muerte a disminuir en un céntimo. A Lourdes, su mujer, muy avanzada ya en su segundo embarazo y que sigue yendo no obstante algunas horas a trabajar al supermercado, porque de algo tienen que vivir y alimenta todavía el convencimiento de que las tareas que desempeña su marido son mucho más importantes que las suyas, de hecho casi imprescindibles, y anda muy fatigada por el trabajo fuera de casa, las ineludibles faenas domésticas y el cuidado del primer hijo, todavía un bebé –aunque está la casa manga por hombro y el niño casi permanentemente aparcado con una vecina o con la portera, y la ayuda Arturo en las raras ocasiones en que le es posible–, con un barrigón enorme, los rasgos abotargados y un creciente mal humor (le ha comentado Inés a Andrea que antes, cuando dieron el salto de la tintorería pueblerina a la supuesta buhardilla de la gran ciudad, era una chica guapetona y muy simpática), no se la ve ya apenas nunca, sea porque no tiene él excesivas ganas de llevarla consigo, o porque no dispone ella de ánimos ni ganas para acudir.

Xavier está terminando de leer y evaluar los exámenes finales de sus alumnos, y reparte el tiempo que le queda libre entre una traducción en verso de Ovidio, para una prestigiosa colección de clásicos griegos y latinos de una importante editorial, y un profundo desasosiego –se había equivocado en sus juicios Andrea–, pues, a pesar de vivir con el muchachito enamorado y guapísimo –siempre los ojos fijos con adoración en él y siempre una sonrisa de kuros prendida en los labios, que no sólo cuida de la casa y se desvive por él, sino que se interesa por el arte y por la literatura–, ha ido abandonándose más y más a unas correrías (que los amigos de la universidad sospechan y temen, pero de las que no hablan casi nunca entre ellos, salvo cuando les cuenta Arturo, otra ave nocturna, que se ha tropezado con él o que lo ha visto de lejos) sórdidas por la zona baja de la ciudad, buscando en locales cutres –él, tan sensible, tan refinado en sus gustos literarios–, en míseras saunas y salones de masaje, o incluso en urinarios y en los portales de las casas del barrio chino, sexo puro y duro, con unos perfectos desconocidos que le chantajean, que le han desvalijado ya en un par de ocasiones y que pueden, el día más impensado, clavarle un cuchillo o darle una paliza soberana. Y, entre sus jornadas académicas y respetables y sus noches locas, ha ido escribiendo unos poemas, que se animó a leer un día, receloso, en la tertulia del bar de la Facultad, y que sus miembros, todavía más recelosos que él, se dispusieron a escuchar con todas las prevenciones del mundo, planeando ya qué iban a inventar, preparando un comentario –no demasiado desdeñoso ni vejatorio, pero que no les comprometiera a nada ni supusiera un total engaño– para cuando terminara, y que los habían dejado, no obstante y contra todo pronóstico, con la boca literalmente abierta (Arturo parecía al borde del colapso, detestándose por sentir una envidia que le parecía miserable, mas que no era capaz de controlar, y había pensado Inés, única tal vez en observarlo, que quizás pudiera el poeta aragonés asumir la carencia de no haber pasado por la universidad, asumir incluso no acostarse con chicas como Andrea, guapas y pijas muchachitas de la parte alta de la ciudad, pero que nunca lograría resignarse, si llegaba el caso, a ser un poeta mediocre), pues, si nunca hubieran podido imaginar que se lanzara el ex seminarista melindroso y amanerado a sórdidas y hasta peligrosas correrías nocturnas, menos habían podido sospechar que fuera capaz de escribir unos versos tan intensos, tan límpidos, tan hermosos.

Ricard ha terminado hace poco de impartir su curso en la universidad y se ha concedido unos breves días de tregua y de descanso, a fin de cuidar sus muchas dolencias y reunir fuerzas suficientes antes de meterse de lleno en la última etapa de preparación de sus oposiciones, que se han convocado ya para el próximo octubre. De modo que asiste a las reuniones con gesto de heroico sufrir. Y también Pilar, la flaca sabelotodo, anda con unas ojeras más pronunciadas que de costumbre. «Debe de sentarle mal la primavera», diagnostica Andrea en un aparte con Inés, «como me ocurría a mí antes de conocerte.» Pero lo cierto es que ni la llegada repentina y agobiante de los primeros calores ni el despertar de la naturaleza –a saber lo que resta en ella de naturaleza, o la escasa parte de naturaleza que no ha logrado silenciar en sí misma– parecen afectarla en absoluto, porque sigue vistiendo los inevitables tejanos gris oscuro («¿No los lavará nunca o tendrá otros idénticos de repuesto?», se pregunta Andrea) y sus camisetas de manga larga (Andrea arruga instintivamente la nariz cada vez que la chica levanta los brazos, espiando con su olfato finísimo el posible olor a sudor) y no ha alterado el ritmo de sus cronometradas e inamovibles diez horas diarias de estudio, a pesar de que las oposiciones para conseguir una plaza en los archivos no se han convocado todavía y pueden atrasarse de modo casi indefinido. Sólo que a Pilar, a diferencia de lo que ocurre con Andrea, esas diez horas diarias de estudio no le dejan lugar apenas para nada más, para esparcimiento ninguno, salvo para estas tertulias en el bar de la Facultad, a las que no falta nunca.

«¿Cómo iba a faltar si es la única ocasión que tiene, ahora que las reuniones políticas son infrecuentes, para ver a Ricard, del que está a su modo, que no es el mío –o tal vez sí, cualquiera sabe–, perdidamente enamorada, aunque esté él por su parte, y ése sí a su personalísimo estilo, enamorado de ti?», aduce Andrea. E Inés, encogiéndose de hombros: «¡No seas boba! Con Ricard únicamente he salido a solas dos veces en todo el curso, y, en lugar de declarar que me ama, se ha dedicado a demostrarme científicamente que estamos hechos de forma inexorable el uno para el otro», un poco incómoda Inés, pues no le gusta guardar secretos ni mentir, pero no le ha contado a su amiga, ni piensa hacerlo, que Ricard la ha alertado acerca de los rumores que circulan tal vez respecto a ellas dos por la universidad y que le ha aconsejado incluso espaciar sus encuentros, «¿Y crees de verdad que está Pilar tan enamorada de él?». Pero sigue Andrea su razonamiento, sin prestar oídos a una pregunta cuya respuesta considera obvia: «Lo único que carece de sentido es que la flaca me odie precisamente a mí, que constituyo la mejor garantía de que vas a mantenerte fuera del alcance de Ricard, y que, por otra parte, no me meto con ella nunca.» E Inés risueña: «No sé si la inquina que te profesa llega hasta el odio, supongo que no, pero reconoce que no pueden existir dos modos de ser más opuestos: supongo que no hace falta que te metas con ella para que se sienta agredida, para que viva tu presencia como una amenaza.»

Pilar, pues, sigue estudiando sus inalterables diez horas diarias –lo mismo da que haya llegado la primavera, que vistan los árboles un verde tiernísimo, que alboroten los pájaros, que tenga el aire un aroma distinto–, duerme poco, confiesa, y, a pesar de que no lo confiese, se alimenta mal. En la tertulia del bar de la Facultad, próximo ya el mediodía, come un bocadillo de cualquier cosa, lo primero que se le ocurre, o que ha visto al cruzar ante la barra, o que el camarero ancestral –está allí desde mucho antes de que empezara Ricard, el más viejo de ellos, sus estudios– elige en su lugar, sin que proteste Pilar jamás, sin darse cuenta siquiera de que le sirven en ocasiones algo distinto de lo que ha pedido, y lo come a bocados rápidos, aplicados y asépticos, lo come porque está todavía en ayunas –por la mañana, al levantarse y antes de ponerse a estudiar, no admite otra cosa que un tazón de café muy cargado y sin azúcar– y porque sabe hay que alimentarse mínimamente para subsistir, mientras bebe a sorbos distraídos una horrible naranjada sin sabor y con burbujas. Y es tan obvio que no extrae de ello el menor placer, que le daría lo mismo estar comiendo y bebiendo cualquier otra cosa, tan poco específico es su deseo –ni siquiera Strolch se comporta de modo tan incivilizado–, que Andrea no puede evitar arriesgar un comentario, y le dirige ahora Pilar una mirada aviesa, pues toda observación de Andrea es malvivida por ella como un agravio, como una agresión que requiere ser repelida con violencia –siempre quizás contra el mundo, pero especialmente contra ella, la guardia alzada–, y manifiesta con enojo que sí, que le da exactamente lo mismo comer una cosa que otra, es más, espera ansiosa el día en que podamos nutrirnos los humanos a base de pastillas y escapemos por fin a la humillante servidumbre de necesitar dos o tres veces al día alimentarnos, porque eso de comer le ha parecido desde

116

siempre una solemne porquería que debería reservarse en efecto sólo a los animales (de hecho, y lo tiene en la punta de la lengua, el modo en que Andrea saborea un dulce, muerde golosa un bombón, paladea un batido o una horchata –sorprendentemente no prueba el alcohol–, cruza las piernas o enciende y fuma un cigarrillo, le parece obsceno, una exhibición de dudoso gusto, propia de las mujeres que se saben hermosas y se ofrecen sin tregua en espectáculo).

Y le consta a Andrea que ahora convendría callar, pero no consigue casi nunca callar cuando debiera, porque no figura entre sus virtudes la discreción, y le parece tan nefasto, tan equivocado que los actos cotidianos del cuerpo se reduzcan a meros trámites desprovistos de placer, que no se utilicen los sentidos –que no son siete, sino infinitos– como gozosa forma de contacto con el mundo que nos rodea, que no es capaz de callar y comienza a explicárselo a Pilar. Y aquí la interrumpe Inés, ella sí discreta donde las haya, pendiente siempre de que nadie pueda sufrir daño o sentirse incómodo y mal, y temerosa ahora de que –por mucho que esté hablando Andrea con la mejor de las intenciones– pueda salir Pilar, tan inerme tras su frágil coraza, tan susceptible además, agraviada, y dice con tono cariñoso y medio en broma: «Déjalo ya, Andrea, eso vale para ti, que sólo entiendes la vida como juego y como vicio.» Y Andrea se sorprende, titubea ante unas palabras tan poco exactas, pero luego esboza una media sonrisa y se calla, aunque siga dándole vueltas en su mente –mientras todos los demás se han lanzado ya a hablar de otras cosas distintas– a lo difícil y duro que debe de resultar vivir llevándose tan mal con el propio cuerpo, confundiéndolo tal vez con la cárcel del alma, cuando es por el contrario con frecuencia el alma, lo que entendemos por alma, la que aprisiona al cuerpo y lo limita, y piensa que alguien debería liberar de esa prisión a la pobre muchachita enjuta y obstinada, en absoluto fea –la belleza tiene poco papel, aunque acaso Víctor pensara lo contrario, en esta historia–, que no parece haber entendido nada, o, todavía peor, parece haberlo entendido casi todo al revés, y que tal vez si Ricard, en lugar de echarle desatinado los tejos a Inés, se dedicara a cortejarla a ella, quizás cuando le diera el primer achuchón, el primer beso, quizás entonces bajaría Pilar la guardia, sabe Dios desde qué momento de la infancia alzada, y algo insospechado se expandiría y florecería en ella. Lo malo es que la flaca tiene de Bella Durmiente poco o nada, que los muros y rejas que la cercan son más espesos aún y más infranqueables que el más tupido y agreste de los bosques encantados, que no debió de asistir al bautizo ninguna hada madrina (tal vez ni ella ni Ricard tuvieron siquiera la fortuna de que alguien les contara en la infancia cuentos de hadas, ¿y cómo va a ser posible comprender el mundo sin cuentos de hadas, sin las historias de la Biblia y de la mitología griega?), y que, para colmo de desaciertos, está intentando seducir al hombre a quien ama exhibiendo su inteligencia, abriendo como un pavo real la variopinta cola de sus amplios conocimientos, o sacando el número uno en todas las oposiciones imaginables, y nadie va a explicarle –ella no iba a permitir a nadie que le explicara–

118

que son los caminos de la seducción infinitos y extra-
ños, pero que no ha elegido en esta ocasión el adecuado, y menos teniendo que competir con alguien como
Inés, aunque, siendo Inés tan superior en todos los as-
pectos, es muy posible que no exista un camino adecuado.

Y cuando sale Andrea de su ensimismamiento y
vuelve a prestar atención a lo que se dice, están discurseando todos sobre las características y milagros de la
burguesía y a ella –que suele intervenir poco en las discusiones, consciente de estar peor informada– se le
ocurre aventurar que le parece la burguesía catalana
de hoy misérrima y burda y timorata, mucho menos
emprendedora en los negocios y mucho menos refinada en los gustos y en el vivir que la del cambio de siglo
o la de otros países de Europa. Y salta Pilar, con una
violencia inesperada, tal vez no aplacado todavía el encono de la discusión anterior: «No tienes por qué justificar tus orígenes», y a continuación: «La burguesía es
siempre abominable, en todos los tiempos y en cualquier parte», y luego: «Lo que ocurre es que no has leído lo suficiente a Marx.» Y queda Andrea atónita y
descolocada, pues no creía estar abordando un punto
especialmente conflictivo ni aventurando polémicos
convencimientos personales, y tal vez haya hablado
tontamente por hablar, pero no ha tenido ni la más remota intención de autojustificarse ni de justificar la
clase a la que en definitiva pertenece –por más que al
hablar de burgueses no piense nunca en gente como
sus padres y sus amigos–, aunque sí es cierto que no
ha leído a Marx, ni lo suficiente ni solapeando. De he-

119

cho no había leído otra cosa que montañas de novelas y de libros de poemas, desde la infancia hasta hace unos meses, y sólo a raíz de su amistad con Inés –movida en parte, al menos en los inicios, por un afán de aproximarse a su mundo y de complacerla– ha empezado a seguir las noticias y los temas de actualidad en la prensa y en televisión y se ha enfrentado, curiosa y aplicada, con su mejor voluntad –que es la que pone ahora en casi todo–, a la lectura sistemática de una larga lista de títulos, casi todos de ensayo, que los asistentes a la tertulia consideran imprescindibles (por desgracia, que no por azar, ha comenzado con *La rama dorada* y *La educación sentimental*, y no le ha tocado todavía su turno a Marx), siempre con la secreta sospecha de que, aun siéndole muy útil, casi imprescindible, la lectura de esos libros, no es ése, sin embargo, para ella el mejor camino de acceso al conocimiento, de que ha aprendido más acerca de la humana condición en un relato, una obra de teatro, un poema, que en un largo encadenamiento de conceptos abstractos y a veces enojosos: mejor *El extranjero* o *Calígula* que *El ser y la nada*.

Ahora, ante el violento ataque personal de Pilar, que ha perdido contra su costumbre y por segunda vez en pocos minutos la compostura, arrastrada por una animosidad que no puede por lo visto reprimir, Andrea queda en silencio, se encoge de hombros, dirige a Inés una mirada sorprendida e interrogativa. Pero se produce lo inesperado, ya que, antes de que tenga Inés ocasión de intervenir, es Ricard quien, en un insoportable tonillo de reprimenda, como un maestro de escuela ante la torpeza de un alumno –más inadmisible si se trata, como ahora, de un alumno que suele ser el primero de la clase–, le señala a Pilar –que se ha puesto todavía más pálida de lo habitual, que no consigue reprimir o disimular el temblor de las manos– que es ella tal vez y no Andrea quien no ha leído lo suficiente a Marx, o no con la suficiente atención, o no al menos aquellas partes en que se refiere a la burguesía, o no ha sabido, en el mejor de los casos, correctamente entenderlo y sacar las conclusiones pertinentes. Y hay un momento de estupor, y luego intervienen Xavier y Arturo y se reanuda la discusión general en el punto en que la habían interrumpido el comentario de Andrea y el exabrupto de Pilar, mientras se siente esta última –a quien en esos momentos, y tal vez en otros, Marx y la burguesía la tienen sin cuidado– reducida a la más absoluta de las miserias, e Inés rompería a reír de no haber resultado el incidente doloroso para un ser en el fondo tan indefenso y vulnerable como la flaca. Tan indefenso y vulnerable como cualquier ser enamorado, diría Andrea, que se debate ahora entre el fastidio y la complacencia, porque le causa la prepotencia de Ricard una irritación sin límites, pero no deja de parecerle por otra parte curioso y divertido que, en las circunstancias actuales y con los protagonistas menos idóneos, haya sido una vez más un hombre –y para colmo un hombre que no muestra por ella la menor estima y al que sabe absolutamente indiferente a sus encantos– quien ha intervenido como un paladín en su defensa y le ha sacado, si es que daba el incidente para tanto, las castañas del fuego.

121

CAPÍTULO DIEZ

A Víctor, que ha terminado con notas brillantes su segundo curso de medicina, le han permitido asistir los padres, en Florencia, a un curso de verano sobre el *quattrocento*, y envía desde allí, especialmente a su hermana, contundentes postales, plagadas de signos de admiración y de mayúsculas y de subrayados, en las que manifiesta su entusiasmo incondicional por las maravillas del arte renacentista, sobre todo las italianas, sobre todo las de Toscana, y, entre éstas, sobre todo las de Miguel Ángel. También le ha escrito a Inés una carta larguísima, tal vez la más larga que haya escrito en su vida, donde cuenta que ha conocido en el curso a una canadiense sensacional –ni punto de comparación con las españolas, todas en el fondo aburridas y convencionales y pacatas–, porque, y eso viene a confirmar su teoría de que son las más guapas también las más inteligentes, aparte de ser preciosa –se paga los estudios de arte en la universidad trabajando como modelo–, además de hablar cuatro idiomas, entre ellos el español, bailar con un sentido del ritmo que corta el aliento, dibujar maravillosamente y haber ganado un montón de campeonatos de natación (a punto estuvo de participar en los Juegos Olímpicos), saca todas las asignaturas con sobresalientes y matrículas de honor, y es capaz de mantener una conversación seria, como lo son ellas (y utiliza el plural, tan seguro está de que la carta la leerá también Andrea): estuvieron hasta el amanecer, el día que se conocieron –primero deambulando sin rumbo por las calles y sentados luego en la Piazza de la Signoria ya desierta–, hablando sin tregua ni fatiga de todo lo divino y lo humano.

Los padres de Inés han subido a pasar el final de semana en la masía de los abuelos, pero ella se ha quedado en la ciudad para dar el ultimísimo toque a su tesis, que empezó con entusiasmo y ha desarrollado con placer, pero que no ve ahora llegado el momento de terminar. En el piso vacío, ha trasladado la máquina de escribir, los libros y montañas de papeles a la galería trasera, donde de niños merendaban, jugaban, hacían los deberes, y donde cantan a todas horas enloquecidos los canarios, en un intento histérico y desesperado de hacer oír sus voces de cristal, tan frágiles, entre las voces enronquecidas de la Piaf y de Brassens. Sólo falta unificar algunas notas y comprobar los datos de la bibliografía, de modo que a Inés no la incomodan los trinos de los pájaros –está tan habituada que no los oye ya–, ni las canciones familiares –le gusta trabajar con música de fondo–, ni las frecuentes interrupciones de Andrea, que está revisando a conciencia (buscando quién sabe qué, tal vez a la Inés niña que no conoció) la habitación contigua, el cuarto de jugar, donde nada ha cambiado. El piso es lo bastante grande para que no sea preciso dar otro uso a la habitación y, aunque se ha hablado a veces de hacerlo, a la madre le ha dado finalmente pereza, o la ha vencido una de esas crisis de nostalgia, ni ante sí misma confesadas pero cada vez más frecuentes, que la invaden cuando recuerda a sus hijos de pequeños, y lo cierto es que, a pesar de que nunca lo han manifestado, también Víctor e Inés prefieren que se mantenga tal como está. Un tercio del espacio lo ocupa un tren eléctrico en miniatura, que le ha supuesto a Víctor años de sucesivas adquisiciones y mejoras, y Andrea ha hecho funcionar los trenes –hay muchísimos vagones de carga y de pasaje y cuatro locomotoras–, que cruzan llanuras, escalan montañas, bordean lagos, llegan puntuales a las estaciones de los pueblos y se detienen dóciles ante los pasos a nivel. Luego ha ido abriendo, curiosa, los cajones, sorprendentemente ordenados, pero llenos hasta los topes de álbumes de cromos, cajas de lápices de colores y de acuarelas, discos guardados en sus fundas, dos cámaras de hacer fotos, varias carpetas de dibujos a pluma y a carboncillo firmados por Víctor (entre ellos dos retratos espléndidos de Inés adolescente), un álbum de autógrafos con dibujos y dedicatorias infantiles de las que debieron de ser compañeras de clase de Inés y un diario dotado incluso de un candado cerrado con llave, pero cuyas páginas, para desencanto de Andrea, están todas en blanco. Y después, en las estanterías, libros y más libros, desde álbumes a color y apenas sin texto, para niños muy pequeños, hasta las obras completas de Salgari, Louise Mary Alcott y Zane Grey. Y quiere saber Andrea, siempre propensa a hacer varias cosas a un tiempo, a sostener conversaciones cruzadas y a formular tres o más preguntas dispares a la vez: «¿Crees que podría conseguir que Víctor me regalara uno de tus retratos?, ¿no te gustaban las muñecas?, ¿de verdad tuvisteis, tu hermano y tú, una infancia feliz?» Y ríe Inés y le responde ordenadamente que no sabe si Víctor querrá darle o no el retrato, a cualquier otra persona le diría categóricamente que no, pero rigen para Andrea leyes especiales, y tal vez, si se ofrece a hacer a cambio de modelo, como él le ha pedido tantas veces... (Ha dicho Víctor en ocasiones que le gustaría hacer un dibujo de las dos, como alegorías del Vicio y la Virtud, o del Amor Sacro y el Amor Profano.) Y no, no le gustaban mucho las muñecas –aunque algunas tuvo–, porque desde siempre prefirió los libros. Y sí fue la infancia de los dos hermanos una infancia muy feliz, de la que conserva multitud de recuerdos positivos y reconfortantes: del colegio, de las vacaciones en la masía con los primos, de las fiestas de cumpleaños y de santo, de la Navidad (en su familia se celebraba todo), de visitas al zoo, de funciones de circo, de polichinelas, de teatro para niños, de multitud de excursiones y luego de pequeños viajes con los padres... «Debe de ser maravilloso haber tenido una infancia así», dice Andrea, pensativa, «haberse sentido tan valorada, tan protegida, tan querida.» E Inés, aunque piensa en el fondo que Villa Médicis tiene más de decorado de Hollywood o de mansión de Miami que de un auténtico hogar, y a pesar de que se le hace difícil imaginar a la madre de Andrea (tal vez porque la intimida un poco: cada vez que asoma la cabeza por la puerta de la habitación, para despedirse, que se acerca a ellas, para hacer una observación banal o para darles un beso, siente el absurdo temor de que vaya a pedirle cuentas por la relación que se ha establecido entre ella –varios años mayor y por lo mismo doblemente responsable– y su hija, por más que reitere Andrea, tranquilizadora, que su madre no se entera nunca de nada de cuanto acontece a su alrededor, y, enfadada, que obedecen los temores de Inés a un soterrado e injustificable sentimiento de culpa) en actitudes convencionalmente maternales: «Exageras. Estoy segura de que también a ti te han valorado y te han querido y te han protegido. ¿Cómo no iban a quererte siendo la menor de los hijos y la única chica? Tú misma reconoces que está tu padre loco por ti.» Y concede Andrea con desgana: «Tal vez lleves razón y sí me hayan protegido, sobreprotegido incluso en cierto modo, pero sin hacer que me sintiera yo segura, quizás sí me valoraron y me valoran, pero, sabes, no por aquellos motivos por los que me gusta y me halaga ser valorada, y claro que me han querido y que me quieren –sobre todo mi padre, al que no veo por otra parte casi nunca, porque ni paraba en casa cuando era yo pequeña ni para ahora–, pero no lo suficiente, o no del modo en que necesito ser querida.» Y cruza por la mente de Inés, con un sobresalto, el temor a que la insatisfacción de su amiga pueda no tener remedio, a que nunca vaya a poder nadie proporcionarle lo que necesita. Pero Andrea ha apartado a un lado la máquina de escribir y los papeles, se ha arrodillado junto a Inés, le ha ceñido la cintura con los brazos, ha apoyado la cabeza en su regazo y dice, como si hubiera podido leer sus pensamientos: «Nadie me había querido nunca del modo en que preciso ser querida hasta que llegaste tú.»

Y siente Inés que está perdiendo pie, arrastrada por una de esas incontenibles marejadas de ternura que la acometen con Andrea, aunque intenta todavía trivializar: «Todas estas historias tristes acerca de tu infancia solitaria las inventas a medias y las utilizas como arma de seducción.» Y Andrea, en los breves espacios que median entre beso y beso, porque se ha incorporado y le está cubriendo de besos la cara, el cuello, las manos: «Claro que sí, mi vida, claro que sí, mi amor», poniéndose en pie, levantándola de la silla, manteniéndola estrechamente abrazada en medio de la galería entre la algarabía de los canarios enloquecidos y la voz lacerante de la Piaf asegurando que no lamenta nada, nada de nada, porque su vida y su alegría han comenzado en él, conduciéndola con suavidad hacia la alcoba, la cama en la que ha dormido Inés desde niña: «Claro que sí, mi amor, tesoro mío, todo lo que invento, todo lo que digo, todo lo que hago es únicamente para seducirte», y ahora riendo: «¿No te gusta acaso que haya sacado tan buenas notas, que te haya regalado, envueltas en celofán y anudadas con una cintita rosa, las papeletas, con matrículas de honor y sobresalientes, casi como las de la chica canadiense de tu hermanito, y aunque todos tus amigos me creían tonta?», acostándola en la cama y en un instante tumbada a su lado ya desnuda. E Inés, tratando como siempre de ocultar su turbación, pasando por alto las preguntas retóricas de su amiga, bromeando también, pero la voz quebrada: «Si de ti dependiera, pasaríamos los días y las noches en la cama», y: «No he conocido a nadie, sabes, que se desnudara tan aprisa como tú.» Y Andrea, quitándole a Inés la ropa con cuidado: «¡Claro que me pasaría los días y las noches en la cama contigo! No se me ocurre otro sitio mejor, y además son mis dominios», y: «Lo de desnudarse aprisa es otra característica familiar, y ésta no atañe únicamente a las mujeres, somos todos unos desvergonzados, llevamos las mínimas prendas posibles y nos las quitamos con entusiasmo a la menor ocasión», riendo: «Algunas criadas se han quejado a mi madre e incluso se han despedido al ver que mi padre y mis hermanos andaban desnudos en verano por la casa, sin molestarse siquiera en cerrar las puertas. Tal vez no me hayan querido lo suficiente, pero al menos me han dejado crecer con un mínimo de inhibiciones y de sentimientos de culpa.» Abrazadas ahora, acariciándose sin impaciencias, en la atmósfera de oro paulatinamente más pálida, hasta llegar la oscuridad, enmudecidos por fin los canarios que competían inútilmente con Brassens y con la Piaf, cuyas voces han dejado de escucharse también hace ya mucho. Y Andrea, insistente: «¿Me quieres?», e Inés: «Te quiero.» Y luego en un trabalenguas que han establecido como juego entre las dos: «¿Me amas?» «Te amo.» «¿Me adoras?» «Te adoro.» Y después Andrea, ahora absolutamente en serio, en el tono grave que suele utilizar en estas ocasiones: «¿Eres feliz, Inés, eres tan feliz como yo?, ¿te acordarás siempre de que hemos conocido la felicidad y de que la felicidad es esto?» Y por último, estremecida, con un asomo de angustia: «¿No me dejarás nunca? ¿Haga yo lo que haga y ocurra lo que ocurra, no me dejarás nunca?» E Inés: «Nunca.» Y Andrea: «Júramelo, porque no iba a poder vivir con el miedo a perderte.» E Inés, como otras veces: «Lo juro, lo juro, lo juro.»

Cuando Andrea regresa a Villa Médicis en la mañana del lunes, sus hermanos están todavía perdidos por distintos puntos de la costa, el padre está participando en un congreso de arquitectura que se celebra en Lisboa, y la madre –que asegura a su hija que él ha viajado allí con otra mujer, o la ha encontrado por el camino, lo mismo da– se ha metido en la cama, con una botella de bourbon, ahora casi vacía, al alcance de la mano, y se pasa las horas al teléfono, increpando a su marido con los peores insultos que se le ocurren –seguro que Inés quedaría atónita y escandalizada si oyera semejantes palabras en boca de una señora como ella, piensa Andrea–, abrumándole con las acusaciones más duras y disparatadas –aunque, quién sabe, tal vez algunas de ellas puedan ser ciertas, se dice Andrea–, llorando a gritos, amenazándole con cometer un disparate, conminándole a regresar de inmediato, en el primer avión (no importa que no haya dado todavía la conferencia en la que ha estado trabajando las dos últimas semanas), o a eclipsarse para siempre y no volver a comparecer ya más nunca en Villa Médicis. Una escena más, piensa Andrea, de la fantástica tragicomedia, el morboso culebrón, que vienen construyendo y representando hasta donde alcanza su memoria –quizás desde antes de que ella naciera, quizás desde el mismísimo día de su boda o desde la primera vez que se acostaron juntos–, que los mantiene vivos y ocupados de forma permanente, y fuera del cual no sabrían ya tal vez a estas alturas cómo ocupar su tiempo ni cómo sobrevivir.

De modo que sólo Strolch se ha dado cuenta cabal del regreso de Andrea y ha festejado su llegada con una alegría total, desenfrenada, saltando a su alrededor y encima de ella, aullando de entusiasmo como un lobo durante un montón de tiempo y siguiéndola luego a todas partes, de un lado a otro de la casa, hasta al cuarto de baño, pegado a sus talones, no vaya a escapársele de nuevo una noche más, centrada toda su existencia en estar junto a su dueña o en esperarla, sin otro objetivo en la vida que esa adoración, y Andrea se pregunta con temor si será eso o algo parecido a eso, un amor devoto sin fisuras ni desfallecimientos –demasiado feliz al recuperarla para poder manifestar enfado alguno por el temporal abandono–, lo que siente ella por Inés y lo que pretende sienta Inés por ella –exigiendo por lo tanto una reciprocidad que Strolch no espera, que no cabe siquiera en su cabezota perruna, radicalmente asimétrica la relación entre un animal doméstico y su dueño–, a riesgo de caer ambas –y acaso Inés lo barrunta de algún modo y de ahí sus ocasionales reservas y cautelas, su afán por conservar un ápice de lucidez– en la misma pasión morbosa y enfermiza, la misma locura, idéntico disparate –hermanados, no sólo amor y destrucción, sino amor y odio incluso–, que ha devorado a sus padres, sin dejarles con frecuencia tiempo ni energías ni ganas para ninguna otra cosa, ni la profesión, ni la política, ni las amistades, ni los hijos, pasión que debe de proporcionarles por fuerza momentos de intensa felicidad, lindantes con el éxtasis, pero que terminará, antes o después, por destruirlos.

Ahora el padre ha dejado abandonados a los congresistas de Lisboa (y, caso de que exista de verdad y no sea sólo una fantasía de la madre, a otra mujer, a la que acaso se ha aproximado, malpiensa Andrea, más que por un deseo y una atracción genuinos, por el soterrado antojo de desencadenar en el hogar ese cataclismo de celos apocalípticos), sin despedirse, sin esperar a leer su conferencia, pidiéndole, avergonzado y culposo pero como de costumbre encantador, a una de las secretarias que saque fotocopias y las distribuya entre los asistentes, subiéndose al primer avión (no importa que se pierda el pasaje que la organización del congreso había pagado, ni que, al no quedar plazas en clase turística, haya que viajar en primera), corriendo a la casa para ocupar su lugar en la escena siguiente de la tragicomedia, diseñada por su mujer y en la que es la presencia de él imprescindible –¿cómo no iba a serlo en un drama para dos?–, encaminándose como enajenado al dormitorio matrimonial, decidido, si ella ha corrido el cerrojo, a echar la puerta abajo, sin saludar siquiera a la criada que ha salido a su encuentro, sin ver siquiera a Andrea.

Pero Andrea lo detiene, lo coge por el brazo, le da un beso, le pide, porque intuye que es ése el momento adecuado, dinero. Y protesta el padre que no lo tiene, que están al borde de la ruina, que viven por encima de sus posibilidades, que nadie, excepto él, trabaja en la casa, pero que gastan todos sin tino ni medida. Y aduce Andrea que algo debe de haberles dado a sus hermanos para sus planes de verano, y que a Inés, que ha concluido por fin su tesis, y a ella, que no tiene que presentarse a ningún examen en septiembre, porque, ¿recuerda?, ha sacado el curso limpio y con muy buenas notas, les apetece muchísimo (lo cierto es que Inés no tiene idea de ese plan, que se le acaba de ocurrir a Andrea en ese preciso instante) irse a pasar unos días a París. Y el padre sigue rezongando, busca en los bolsillos, registra la cartera, va a su despacho y abre y cierra cajones –ansioso por librarse cuanto antes de su hija y correr a la alcoba de su mujer–, y el dinero aparece por fin, como de costumbre, aunque puede ser verdad que están con frecuencia al borde de la bancarrota, y es en cualquier caso cierto que el único dinero que entra en la casa procede del estudio del padre –que a veces es muchísimo y a veces es menos–, cierto asimismo que a ningún otro miembro de la familia se le pasa por la mente –tras unos intentos enseguida abandonados por la madre de dar clases particulares de piano y de canto, o de colaborar en el estudio del marido, y dos negocios imposibles del hermano mayor que terminaron en el más ruinoso de los fracasos– la idea de ponerse a trabajar, y es cierto que todos gastan sin ton ni son, absolutamente ajenos al valor del dinero, empezando por la madre, que, cuando se ventean apuros económicos, en lugar de estrecharse el cinturón, decide, a fin de mantener alta la moral y de no deprimirse, enviar a uno de los hijos a seguir en el extranjero un curso carísimo e inútil –clases de equitación o de esquí en Suiza, por ejemplo–, cambiar de arriba abajo la decoración del salón, o contratar a una nueva criada, para que se ocupe de planchar las mantelerías finas, las sábanas de hilo, las camisas del señor, o para sacar brillo a la cubertería de plata.

Pero, aunque sea todo lo expuesto cierto y exacto, también lo es que el dinero, como por arte de birlibirloque y tras mayores o menores angustias, termina siempre, o casi, por aparecer. Y en la presente ocasión el padre lo ha buscado y se lo ha dado a Andrea con prisas, sin regateos, sin molestarse en contar cuánto suma el fajo de billetes que ha encontrado en uno de los cajones de su mesa, para sacársela enseguida de delante y poder correr entusiasmado y ansioso al encuentro de la bronca descomunal que sabe le espera en el dormitorio, como se precipita el adicto al encuentro de la droga o el ludópata hacia la ruleta, porque ya reconoció Freud, piensa Andrea, que es la vida de los humanos –con sus componentes ineludibles de envejecimiento y de muerte– demasiado dura para afrontarla a pecho descubierto, sin algún tipo de droga que nos enajene o nos adormezca, y nos la haga soportable. Y la droga que utilizan sus padres –esas trifulcas y reconciliaciones sucesivas, que se muerden la cola, en busca acaso de una intensidad de emociones y de sentimientos a la que no podrían acceder de un modo menos artificioso y violento, imprescindibles esas disputas salvajes para conseguir la más alta cota de placer– no es seguramente mejor ni peor que otra cualquiera.

Es cierto que Inés ha terminado de pasar a limpio

la última página de su tesis, y que no tiene otra cosa que hacer hasta septiembre que preparar las clases de geografía y de historia que dará por primera vez en un colegio (hasta ahora ha tenido únicamente algunos alumnos particulares), pero la aparición de Andrea –después del regreso de sus padres de la masía y cuando debe de estar ya por llegar su hermano de Italia– con dos pasajes de avión y la consiguiente reserva de un hotel en París la pilla de sorpresa y no sabe en los primeros instantes cómo reaccionar ni qué decir. «¿No estás contenta?», pregunta una Andrea a su vez desconcertada. «¿No me dijiste que no habías estado nunca en París y que te encantaría conocerlo?», y luego, acongojada y seductora: «¿No te apetece ir allí conmigo?» E Inés responde que sí le apetece, claro que le apetece, le apetece muchísimo, y no puede imaginar una persona mejor para descubrir de su mano la ciudad, sólo que –intenta explicarle a una Andrea que, a pesar de que hayan nacido y crecido ambas en el mismo lugar e incluso en una clase social no en exceso distinta, le parece en ocasiones recién llegada de otra galaxia– no dispone en estos momentos de dinero suficiente para pagar su parte del viaje y no le gusta pedir dinero a sus padres, ni tampoco que la vaya su amiga siempre invitando, cuando no va a poder ella nunca al mismo nivel corresponder, y además en su mundo, o en el que ha sido su mundo antes de conocerla, o, en cualquier caso, en el mundo de la inmensa mayoría, las cosas se desarrollan de una forma distinta, un viaje se proyecta con antelación, requiere un tiempo de espera –esa espera que Andrea no tiene para nada, porque lo quiere todo y ahora– y casi, casi, un motivo que lo justifique: no se precipita uno a París a la mañana siguiente porque se le ha ocurrido de pronto la víspera que tiene ganas de hacerlo. Y Andrea: «No lo entiendo. ¿Por qué no? ¿Por qué no son las ganas motivo suficiente para hacer algo que promete darnos placer y que no va a perjudicar a nadie? A mí me parecen las ganas, entre todas las demás, la razón más válida y concluyente.»

E Inés calla, ya que, para que su amiga marciana comprendiera en qué consiste y cómo funciona el mundo de la inmensa mayoría, tendría que retrotraerse muy atrás, a la infancia, y repetirle aquello que ha venido oyendo ella desde niña, tendría que explicar demasiadas cosas, de las que para colmo no está ni siquiera ahora muy segura, y que no tiene Andrea ni el más mínimo deseo ni la más remota intención de escuchar y comprender. Andrea la está mirando con los ojos ya inundados de llanto y la boca temblorosa, parece una chiquilla ante una golosina de suntuosidad inigualable o ante el más portentoso de los juguetes, la viva imagen del deseo, y dice, con su vocecita de niña seductora y caprichosa, una de sus grandes frases: «Si me concedes esto, si tú o el destino o los dioses me concedéis estos días juntas en París, juro que no volveré a pediros ya más nada.» Y sabe Inés, saben las dos, que se trata únicamente de eso –una gran frase que envuelve una evidente falsedad, un juramento en vano, que a nada ni a nadie obliga–, pero siente también ella demasiados deseos de hacer el viaje para ser capaz de seguir por más tiempo resistiéndose, de modo que abraza a Andrea y susurra en un tono cómicamente resignado: «De acuerdo, iremos juntas a París, aunque no sé cómo se lo voy a plantear a mis padres ni de qué forma les voy a pedir algo de dinero.»

CAPÍTULO ONCE

El hotel de París –que Andrea llama «mi hotel» y en el que la reciben como a una persona conocida porque son sus padres clientes habituales– no es un gran establecimiento de cinco estrellas como el que ocuparon en Palma. Es un edificio antiguo y reducido –no debe de tener más allá de veinte habitaciones–, situado en una de las callejas que descienden desde el bulevar Saint Germain hasta el río. Inés no olvidará nunca el salón que se abre al fondo del vestíbulo, con mesitas redondas donde tomar el té, plantas exuberantes en macetas de mayólica y, bajo la alta cúpula acristalada por la que penetra a chorros la luz, una enorme pajarera llena de aves tropicales, parlanchinas y multicolores –más ruidosas a algunas horas que los canarios de su madre–; la amplia escalera alfombrada y en espiral que conduce a las dos plantas superiores; el vetusto ascensor de metal cromado, madera y cristal, forrado el interior, en los tres lados que no ocupa el espejo, de terciopelo; la habitación también inmensa, con dos camas enormes («Media de una basta para las dos», asegura Andrea), con suelo de parquet y vigas de madera

–les han asignado una habitación del segundo piso, debajo del tejado–, las florecillas de las cortinas, a juego con las colchas e incluso con las alfombras y con el empapelado de las paredes («¿Has visto algo más cursi y más encantador?, a mamá y a mí nos gusta, pero a papá le parece terrible y viene siempre a regañadientes, convencido por la buena ubicación, por el servicio y porque es mucho más barato este hotel que los grandes hoteles de la orilla derecha», explica Andrea, y responde Inés que a ella, de tan encantador, no le resulta ya ni siquiera cursi, aunque es posible que a su hermano Víctor le pareciera también un horror aquella decoración); el anticuado cuarto de baño, lo bastante espacioso para bailar en él una polca o un vals, también con motivos florales, en esta ocasión azules, en el lavabo y en el bidé, y en cuya bañera de metal con patas de dragón le prepara Andrea a Inés, que no usa desde hace años otra cosa que la ducha, un magnífico baño perfumado y espumoso.

Nunca, a pesar de que regresará años más tarde en otras ocasiones (se negará en redondo, sin querer explicar el motivo, a incluir París en el itinerario de su viaje de bodas, y siempre, aunque haya transcurrido tiempo y tiempo, volverá con una compleja y dolorosa nostalgia, incómoda y culposa como si estuviera perpretando una profanación), nunca será París a los ojos de Inés tan hermoso como en este comienzo de un julio mágico y dorado, sin excesivo calor, abiertas y llenas las terrazas al aire libre de todos los bares y cafés, parte de la vida ciudadana desarrollándose en la calle, donde reina un ambiente bullicioso y festivo, un París que Inés va descubriendo de la mano de una Andrea radiante, sensual, más hermosa también de lo que volverá a estarlo ya jamás, ávida de mostrárselo todo, dárselo a disfrutar todo, el propio placer pasando, y multiplicándose, a través del placer del otro. El París de los turistas: museos, iglesias, monumentos, *tour* Eiffel, *bateaux mouches*, tiendas míticas en el barrio de la Ópera y de los grandes bulevares, restaurantes de lujo, a los que Inés se resiste a ir, alegando que no ha traído ropa adecuada, y a los que, a pesar de haber cedido en este viaje en tres ocasiones a instancias de Andrea, y a pesar de que le ha gustado conocerlos –más por el ambiente, por la decoración, que por la comida en sí, fantasiosa y exquisita, pero no más apetitosa para su paladar que la que preparan su madre o su abuela los días especiales en que se meten en la cocina–, no volverá nunca, y no únicamente por el precio, sino porque la molesta lo que tienen de ostentosos y excesivos. Y otro París más íntimo y recóndito: placitas y calles recoletas, que quedan al margen de cualquier itinerario turístico, *bistrots* sin aparentes pretensiones, pero en los que se come muy bien o que son en extremo acogedores y agradables, pequeños museos como el estudio de Delacroix o el de Moreau, y multitud de tiendas especiales, desde la pastelería donde adquiría la familia Proust las magdalenas hasta pequeños establecimientos monográficos donde se venden preciosas muñecas mecánicas con rostro y manos de porcelana, conchas marinas de los siete mares, grabados y libros ilustrados de otras épocas, perfumes exclusivos de fórmula secreta que no se distribuyen en el mercado, lámparas de Tiffany´s, figuras criselefantinas, viejos juguetes y cajitas de música. Un poco molesta Inés porque Andrea, además de querer enseñárselo todo, dárselo a gozar todo, parece obstinada también en comprárselo todo, y la está cubriendo de regalos, algunos disparatados y casi todos superfluos, de modo que no se atreve Inés, a partir del tercer día, a comentar que algo le gusta, porque teme que Andrea, siempre excesiva, se lo vaya a poner un segundo después entre las manos, y a ella, a pesar de que ha vivido siempre en un medio acomodado donde no se escatima el dinero, ese consumismo, ese despilfarro sistemático –que cree una característica de su amiga y no una de las formas que inventa ésta para mejor amarla– la escandalizan en el terreno moral y la alarman en el práctico, pues es evidente que Andrea –que, por otra parte, pospone de un día a otro la fecha de regreso– ha terminado ya el dinero que le dio su padre –como se ha terminado el que la propia Inés trajo consigo– y está echando mano para todo de la tarjeta de crédito.

Tiene que ser por lo tanto finalmente Inés la que un mediodía (en «su» mesa del que ha comenzado ya a ser «su» restaurante –uno que Andrea no conocía y que han descubierto juntas las dos y en el que Andrea se comporta como si fueran a seguir frecuentándolo durante el resto de sus vidas o, cuando menos, por un período larguísimo–, a orillas del Sena y teniendo enfrente, al otro lado de los cristales de las amplias ventanas –«su» mesa está junto a una de esas ventanas–, Notre-Dame), aun sabiendo que son estos días irrepetibles y que los recordará ya siempre, a partir de ahora mismo y hasta el momento de su muerte, con añoranza, como el mayor de los paraísos perdidos, porque han estado a punto de tocar el cielo con las manos e incluso de lograr, la una para la otra, traerse consigo la luna, y han conseguido algunos instantes, y esto también lo sabe, de esa felicidad total de la que habla y a la que aspira en forma permanente Andrea; tiene que ser pues finalmente Inés quien impone la necesidad de regresar a casa. «Vinimos para una semana y llevamos ya más de dos. No sé cómo justificar ante mis padres, e imagino que tampoco tú ante los tuyos, una estancia tan prolongada. Además ha vuelto mi hermano Víctor, al que llevo tiempo sin ver. Y tengo un montón de cuestiones que resolver antes de que subamos los cuatro, como todos los meses de agosto, a la masía. Y no podemos seguir gastando dinero de este modo, aunque la mayor parte sea tuyo y por más que asegures que el dinero termina por salir siempre de alguna parte», y, ante el gesto alterado de Andrea: «¿Tú qué pensabas, qué estás pensando ahora? Sabes tan bien como yo que tenemos que regresar.» Y Andrea, en voz baja: «¿Cuándo?» E Inés: «Enseguida. Mañana mismo, si encontramos pasaje.» Y Andrea, con la mirada oscura de sus ojos enormes y negrísimos: «¿Tan pronto? ¿No podríamos aplazarlo tres o cuatro días más para que yo me fuera habituando a la idea?» E Inés, con esa suave firmeza que recomiendan para el trato con los niños los manuales de puericultura y que saca a Andrea de quicio: «No iba a servir de nada. Dentro de tres o cuatro días estarás tan poco dispuesta como lo estás ahora a volver a casa. Todo termina, Andrea.» Y

Andrea, la voz entrecortada, corriéndole ya por las mejillas, y arrastrando consigo el rímel, esas lágrimas que le es tan fácil derramar y cuyo poder no ignora: «Porque no hemos sido capaces de inventar entre las dos la eternidad, porque tú ni siquiera crees en la eternidad, ¿no es cierto?» E Inés, con cautela, tratando de no herirla más de lo imprescindible, pero decidida en esta ocasión a no ceder: «No, yo no creo en la eternidad, ni del cielo, ni del infierno, ni del amor», y, después de una pausa: «Y tú tampoco lo crees.» Y Andrea, desdeñando por inútil cualquier veleidad de llanto o mimoseo, empeñada en llegar al fondo de la cuestión: «De acuerdo, no se trata de la eternidad. Pero tampoco se trata de que yo intente que pasemos viajando el tiempo que nos quede de vida, que no es la eternidad pero puede ser mucho. Porque ocurre que únicamente en los viajes, o en circunstancias excepcionales en que están ausentes nuestras familias, estamos juntas de verdad, mientras que en nuestra vida habitual, la que retomaremos ahora mismo en cuanto volvamos a casa, yo estoy, por muy a menudo que nos veamos, separada de ti. Y yo no puedo resignarme, contentarme con estos paréntesis.» E Inés: «¿Qué quieres, pues?» Y Andrea, atropelladamente: «¿De veras no lo sabes? Quiero que vivamos juntas las dos, sin exhibicionismos pero sin miedo ni vergüenza. No quiero la luna, o tal vez sí, tal vez consiste mi luna particular en vivir contigo.» E Inés, tras una pausa, consciente de lo mucho que ha batallado para evitar que llegaran a ese punto, y consciente ahora de que, dado el modo de ser de Andrea, era inevitable: «Eso no puede ser, tesoro.» Y Andrea: «¿Por qué no? ¿A ti no te gustaría?» E Inés con cautela, midiendo cada una de las palabras: «Claro que me gustaría, pero no puede ser. No iba a salir bien, no conseguiríamos ser felices, con tantas circunstancias en contra.» Y Andrea: «¿Por qué no íbamos a ser felices? ¿Qué circunstancias?» E Inés: «En primer lugar, por el disgusto que se llevarían nuestros padres, que no iban a entender una decisión así.» Y la interrumpe Andrea, que lleva semanas dándole vueltas al proyecto y cree disponer de respuesta a todas las cuestiones: «Los padres, o al menos los padres como los tuyos y los míos, se llevan un berrinche, pero luego, ante los hechos consumados, terminan por transigir con todo. Y, además, no tendrían por que deducir que vivíamos como pareja.» Y sigue Inés, sin hacer caso de la interrupción: «Porque afectaría a la relación que mantenemos con nuestros amigos, con todo nuestro entorno, y, por muy liberales que seamos, podría incidir incluso en nuestra profesión. Pero, sobre todo, Andrea, y por favor no te enfades, porque tú eres todavía una cría, y no puedo embarcarte en una aventura que podría comprometer y marcar tu futuro. Y, además, ¿de qué íbamos a vivir?» Y Andrea: «Estoy segura de que entre las dos, tú con tus clases en el colegio y yo dando clases particulares, ganaríamos lo suficiente.» E Inés: «Para vivir ¿cómo? ¿En un pisito modesto de uno de esos barrios periféricos que ni sabrías localizar en un plano de la ciudad, en una vivienda como la de Arturo? ¿Teniendo que renunciar a tantísimas cosas a las que estás habituada, a las que estamos habituadas, y que tanto nos gustan? ¿Renunciando, por ejemplo, a

143

viajar, porque no te veo, no nos veo, metidas en un autocar de turistas y alojándonos en pensiones de tres al cuarto? ¿Sin poderte comprar la ropa que se te antoje, sin poder permitirte esos regalos disparatados, propios de un rey mago, que te encanta hacer? ¿Sin calcular de antemano si puedes o no asistir a un concierto, a la ópera, al teatro, si puedes sentarte a tomar un whisky en la terraza de un bar? ¿Crees que nuestra relación iba a seguir siendo la misma?» Y Andrea: «Sí, pese a todo lo que enumeras, pienso que podríamos ser muy felices. ¿O crees, como tus amigos, que soy una criaja malcriada y absurda? ¡Danos a las dos la posibilidad de intentarlo!» E Inés, dura y tajante, tal vez porque se le hace de minuto en minuto más difícil mantener su actitud: «No, tesoro, no iba a resultar.» Y Andrea: «¡Pero entonces no pretendas que lo haces por mí! ¡Lo haces por ti! ¡Eres tú la que no te animas a correr el riesgo!» E Inés, encogiéndose de hombros, en voz cada vez más baja, quizás porque está ahora Andrea hablando a gritos y las están mirando desde las otras mesas: «Acaso lleves parte de razón y yo esté protegiéndome a mí misma tanto como a ti, pero no estoy dispuesta, en ningún caso, a tomar una decisión que temo nos haría desgraciadas a las dos», y con un suspiro, sabiendo de antemano que su propuesta no será atendida: «¿Por qué no mantener nuestra relación tal como la hemos llevado hasta ahora?» Y Andrea: «Porque no puedo, no puedo conformarme con lo que tenemos, no puedo mantener esta situación ambigua toda la vida.» E Inés: «Pues no cabe hacer otra cosa.» Y Andrea: «No hay nada que te pueda hacer cambiar de opinión, ¿verdad?

¿Y si yo decidiera que todo o nada, que, si te niegas a vivir conmigo, no íbamos a volver a vernos jamás?» E Inés: «No soporto las coacciones ni los chantajes, Andrea.»

Y Andrea ha estallado en sollozos –la mirada extraviada, los labios apretados–, se ha levantado bruscamente y ha salido corriendo del local, tal vez con la secreta esperanza de que Inés la retenga, le suplique que no se marche así, de que la siga. Pero Inés, tal vez sólo porque el gesto de Andrea la ha tomado de sorpresa y no le ha dado tiempo a reaccionar, o porque detesta con toda el alma las escenas melodramáticas, y si se producen en público peor, y está seriamente enojada, o porque teme que, caso de ceder ante este tipo de chantaje, se le iba a escapar la situación de entre las manos, no se ha levantado de la mesa, no ha despegado los labios, se ha limitado a indicar al camarero que le traiga la cuenta, a pagarla con tranquilidad, y sale por fin a la calle cuando Andrea debe de andar ya lejos de allí, avanzando Dios sabe en qué dirección, y cuando es ya inútil tratar de darle alcance. De modo que se recrimina Inés por haberla enojado, sin ella quererlo, tanto, por no haber acertado a exponer la situación con mayor suavidad –aunque le consta que no hay suavidades que valgan en situaciones como ésta–, por no haber reaccionado luego más aprisa y haberle impedido escapar. Y se encamina hacia el hotel, no muy distante, porque no cabe ya hacer otra cosa, ni se le ocurre otro lugar en el que Andrea pueda haberse refugiado y donde sea más probable encontrarla, y se esfuerza sin mucho éxito en avanzar despacio –como lo hiciera Andrea en Palma cuando iba a buscarla al archivo–, se esfuerza por gozar del magnífico espectáculo que ofrece la orilla izquierda del Sena en esta tarde dorada y festiva de principios de julio, con chiquillos de todas las edades que disfrutan con entusiasmo sus vacaciones, muy distante aún el agobio de regresar a las aulas; con parejas, también de casi todas las edades, que caminan abrazadas, apoyados el uno en el otro, boca contra boca, deteniéndose a cada paso y sin poner siquiera atención en dónde pisan; con músicos ambulantes que tocan, con mayor o menor fortuna (Inés se detiene a escucharlos a todos), la armónica, el acordeón, la flauta, el violín incluso; con titiriteros que hacen piruetas y juegos malabares; con vendedores callejeros, en su mayor parte marroquíes y latinoamericanos, que ofrecen, los primeros, réplicas de bolsos, *foulards* y relojes de marcas caras, y, los segundos, objetos imaginativos y fantásticos, como unos pájaros que, sin mecanismo ninguno, trazan una amplia curva mágica en el cielo radiante (Inés compra uno grande, azul intenso el cuerpo y con las alas de oro), piezas de artesanía, juguetes viejos, collares, coronas y pulseras fosforescentes, que brillarán, en cuanto anochezca, en la oscuridad. Avanza, pues, Inés tan despacio como se lo permiten su impaciencia y su ansiedad –deteniéndose en casi todos los tenderetes, examinando con fingido interés libros viejos, láminas del siglo pasado, y sin ver en realidad nada de lo que tiene entre sus manos torpes y ante sus ojos ciegos, tan absorta en su problema personal como absortos están en sí mismos los enamorados que caminan abrazados, o los niños embebidos en sus juegos–, con la secreta intención de darle más tiempo a Andrea, para que llegue al hotel antes que ella y existan mayores posibilidades de encontrarla en la habitación, o en el bar, o sentada en el salón de la pajarera de aves tropicales, sorbiendo una Coca-Cola o una taza de té.

Pero la llave está en conserjería, no hay nadie a esa hora en el bar, y únicamente tres ancianas están tomando su té y comiendo sus pastas delante de la pajarera. De modo que sube Inés a la habitación e inicia una espera, que durará hasta muy avanzada la noche y se hará a cada minuto más y más intolerable. Prepara para sí misma uno de esos baños de espuma supuestamente relajantes que suele darse o disponer para ella Andrea, se lava el pelo, enciende y apaga veinte veces la televisión –que siempre le parece mala pero hoy abominable–, hace que le suban del bar, aunque no tiene apetito, un bocadillo y una copa de vino, intenta leer algún libro de los muchos que han comprado entre las dos y se siente al borde de invocar la ayuda de un dios en el que no está siquiera segura de creer. Asomándose a menudo a la ventana, con la esperanza de ver la figura de su amiga avanzar por la calle o bajar de un coche, y ahorrarse así unos segundos de angustiosa espera; atenta todo el tiempo a los ruidos del pasillo, el corazón en la boca cada vez que oye que se detiene el ascensor en su planta, y luego el rumor de pasos, que concluye siempre con el abrir y cerrarse de la puerta de una habitación que no es la suya, mientras intenta establecer a qué hora será oportuno, y no parecerá un ataque de pánico histérico, localizar a los amigos que tienen sus padres en París, hablar con el encargado del hotel, o alertar directamente a la policía, y preguntándose ansiosa cómo se enfrentará a los padres de Andrea –de la que ahora se siente más que en ningún otro momento responsable–, caso de que le haya acontecido algo malo. Disipado a ratos su enojo contra Andrea ante la intensidad del deseo de verla aparecer sana y salva, y acrecentada a ratos su ira, porque –salvo que haya sufrido un accidente o haya sucedido algo inesperado que no es capaz de imaginar– le está haciendo pasar, por rencorosa malicia o por simple irresponsabilidad, o acaso por rastreros afanes de venganza, unas de las horas más amargas de su vida, una ansiosa e impotente espera que le hace comprender por fin, a estas alturas, lo que debe de haber sufrido su madre cuando ha llegado ella y sobre todo Víctor a altas horas de la madrugada sin previamente avisar. De modo que no sabe si, al verla aparecer en la habitación, la cubrirá de besos o la estampará de una bofetada (ella, que ni siquiera de niña se ha pegado con nadie, ha pegado a nadie) contra la pared.

Pero pasan las horas y Andrea no aparece en la habitación y es finalmente el conserje quien, clareando el día, telefonea desde la recepción para notificarle a Inés que su amiga está abajo, y dice Inés, con un suspiro de alivio y un punto de extrañeza, que muy bien, que suba, y el conserje, tras unos instantes de titubeo, replica que no, mejor será que baje ella a buscarla, y ahí sí se asusta Inés y pregunta si ha sucedido algo malo, si ha habido un accidente, si se encuentra Andrea bien, y el conserje, tras otro titubeo incómodo algo más prolongado y en un tono extraño de voz, asegura

148

que no ha ocurrido nada, no ha habido ningún accidente, que está su amiga bien, pero que de todos modos será preferible que baje ella a recepción, entre otras cosas porque hay que hablar con el taxista. Y en menos de un minuto se ha vestido Inés y ha bajado al vestíbulo, y encuentra allí al conserje con cara de circunstancias, y a un taxista que anuncia socarrón, y la situación parece divertirle, que se le debe la carrera, porque han recorrido medio París y ha resultado que no llevaba la señorita dinero, y a una Andrea catastrófica, el negro pelo húmedo pegándosele a la cara, la mirada extraviada, la ropa sucia, apoyándose en la pared porque no se mantendría literalmente en pie sin esa ayuda. E Inés, que se da cuenta sólo empezar la frase de que va a formular una pregunta estúpida: «¿Qué ha pasado?» Y el taxista con sorna, insolente y guasón: «Yo no entiendo mucho, pero juraría que arrastra la señorita una cogorza descomunal. Usted, que es su amiga, lo sabrá mejor que yo.» Y, como con las prisas no ha bajado Inés el bolso, el conserje benévolo, tal vez por tratarse de una clienta conocida y por ver a Andrea en tan mal estado, paga él la cuenta del taxista y lo despide con sequedad, molesto por sus malos modales, y ayuda luego a Inés a meter a la muchacha inerte y tambaleante en el ascensor y a llevarla hasta la puerta de su habitación, y se ofrece a Inés para cualquier cosa que puedan necesitar, y que le avise si se pone la señorita peor y cree conveniente avisar a un médico (el hotel dispone de uno de total confianza y al que se puede recurrir a cualquier hora del día o de la noche). Y le da Inés las gracias y se meten ambas en la habitación, y apenas han tenido tiempo de llegar al cuarto de baño, cuando suelta Andrea un vómito nauseabundo, casi negro, interminable, mientras le sostiene Inés la cabeza con una mano en la frente, y le lava luego la cara y las manos, la desnuda, la mete en la cama, le humedece con colonia las sienes y las muñecas.

Y ha caído Andrea de inmediato en un sopor profundo, quizás perdida por entero la conciencia, de modo que se alarma Inés –tanto más porque le consta que su amiga, tal vez en reacción contra lo mucho que beben sus padres, no prueba apenas el alcohol, y cualquiera sabe cuánto ha bebido y lo que puede eso en ella desencadenar–, y la llama por su nombre, por todos los cariñosos nombres absurdos que se le ocurren –viéndola acaso más que en ninguna otra ocasión inerme, sintiéndose ella quizás más que en cualquier otro momento responsable–, le da con la mano abierta unos cachetitos en las mejillas, cada vez luego más enérgicos, hasta que abre Andrea por fin los ojos, la mira, sonríe y farfulla: «Estoy bien. No te preocupes, cariño. Y perdóname. Te quiero muchísimo.» Para caer a continuación de nuevo en un sueño profundo, que vela Inés y que se prolongará hasta muy entrada la mañana del día siguiente.

CAPÍTULO DOCE

Ante la sopresa de Inés, Andrea ha despertado tardísimo pero sin rastros de resaca (ni el menor asomo de vértigo, de jaqueca, de molestias de estómago, sólo un leve atontamiento –que desaparece con la ducha, que ha preferido hoy al baño– y un mal sabor de boca –que se esfuma con el zumo de naranja, el café con leche y los dos cruasanes cubiertos de densas capas de mantequilla y de mermelada de frambuesa que le suben a la habitación como favor especial, porque ha pasado hace ya mucho la hora del desayuno, y que come con apetito–, demostrando poseer la misma resistencia al alcohol que a tantas otras cosas, dotada, a pesar de que le guste en ocasiones mimar su faceta de niña desvalida, de una fortaleza y una capacidad de recuperación de las que Inés carece), y, para todavía mayor sorpresa de su amiga –que no termina de entender ni de saber acoplarse a unos cambios de humor que le parecen, ellos sí, pueriles–, de bastante buen humor. Sólo una pizca de inquietud, un asomo de miedo al despertar. «¿Estás muy enfadada conmigo? Ni yo misma entiendo lo que ocurrió. Bebí un primer par de copas para animarme y porque me había puesto furiosa la discusión del restaurante, y después seguí, casi sin darme cuenta, de bar en bar. Me parece que al final bebía ante todo a fin de reunir coraje suficiente para presentarme, en aquel estado y a aquellas horas, delante de ti. ¿Me perdonas?» Y a continuación las preguntas de siempre, que se parecen cada vez más a un exorcismo capaz de ahuyentar todos los males y todos los peligros: «¿Me quieres? ¿Me aseguras que no dejarás nunca de quererme, pase lo que pase, haga yo lo que haga, aunque me comporte de una forma tan estúpida como esta noche?» E Inés finge vacilar, pero hace ya mucho que se ha desvanecido, a su pesar, todo resto de enojo, y luego, ante sus reiteradas respuestas afirmativas, tiene Andrea un profundo suspiro de alivio y la cubre de una cálida lluvia de besos, el rostro resplandeciente.

Andrea no protesta cuando, en la agencia de viajes más cercana, reserva Inés, sin consultarla –para ella la cuestión ha quedado zanjada en el restaurante el día anterior– y sin tener en cuenta lo mucho que detesta madrugar, dos plazas en el primer avión de la mañana siguiente, y telefonea luego a su casa para anunciarles su regreso. Y le dice Víctor, que acaba de volver de Italia, que irá a recogerlas al aeropuerto, porque tiene un montón de cosas que se muere de ganas de contar. Andrea parece disfrutar incluso de la última velada en París, sin caer por una vez –quizás su actuación de la víspera rebasa el límite de lo que cree ella misma poder permitirse– en esa congoja desolada que la conturba casi siempre cuando se avecina el final de algo placentero, tan desarrollada su propensión a la nostalgia que capaz parece de sentirla incluso de lo malo, lo cual provoca las protestas de Inés. («O sea que», la regaña risueña, «¿además de quererlo todo y ahora mismo, pretendes que dure para siempre jamás?» Y Andrea, con la paciencia que utilizaría para explicar algo obvio a un chiquillo no demasiado espabilado: «Claro que sí, Inés, pero no se trata sólo de mí, sabes, aunque tal vez lo exteriorice y me lamente más que otros. Todos los humanos –supongo que desde el tiempo en que nuestros antepasados andaban desnudos por ahí, bajando de los árboles y cazando bisontes que luego pintaban en sus cuevas– han intentado de un modo u otro detener el tiempo, ganarle la partida a la muerte. Es, de hecho, lo único que de veras me preocupa, y, si me apuras, lo que más nos diferencia de los animales: el pobre Strolch, y las reses que conducen al matadero, no saben que el tiempo transcurre y se acaba, que en un momento u otro van a tener que morir, y yo no sé si envidiarlos o compadecerlos por esa ignorancia. Y tú, que quieres tener hijos, ¿has pensado ya cómo y cuándo les vas a confesar que no son inmortales?»)

Andrea ha disfrutado de las últimas compras apresuradas, todas ellas encargos o regalos: libros y discos que son todavía difíciles de encontrar en España –más que por los restos de una censura agonizante, por inercia de editores y deficiencias de la importación y distribución–, tabaco de pipa para el padre de Andrea (ha estado a punto de proponer Inés que compren también un paquete para Ricard, que ha decidido por fin, en lugar de dejar de fumar, sustituir los cigarrillos por la pipa, pero no se anima, por miedo a generar una discusión que, aun habiendo comenzado como una chanza, puede terminar muy en serio), sales de baño para la madre de Inés, y unas botellas de vino y un surtido de quesos y patés para celebrar su regreso con los amigos. Parece disfrutar incluso Andrea de la última cena en París (sin que ninguna de las dos hiciera mención de ello, ha quedado descartado, no sólo el que fuera «su» restaurante, sino cualquier otro establecimiento de características similares o situado a orillas del Sena, y han escogido un restaurante de refinada cocina vietnamita, que aparece en la guía, situado en el barrio de la Ópera y en el que no habían estado antes nunca), y hasta del último paseo nocturno por las callejas próximas al hotel, teñido ése sí para ambas de la inevitable nostalgia de las despedidas. Y se le hace extraño a Andrea pensar que al día siguiente todo seguirá allí –la iglesia de Saint Germain, el café Flore, el Deux Magots, la librería que permanece abierta hasta la madrugada, el kiosco de periódicos de la esquina–, todo igual, sólo que ellas ya no estarán. Y detiene el paso y le pregunta a Inés: «Volveremos otras muchas veces, ¿verdad?» E Inés, que piensa que probablemente volverán otras veces pero que cualquiera sabe, le responde que sí, que muchísimas, porque le parece que es eso lo que su amiga necesita oír. E insiste Andrea: «¿Seguro?» E Inés, dispuesta a tranquilizarla como sea, responde: «Sí, seguro.» (Sólo a la mañana siguiente, en pleno vuelo, planteará Inés el tema de lo sucedido dos días atrás, la pelea en el restaurante y la consiguiente escapada de Andrea –algo, supone, extremadamente doloroso para ambas–, y le advierte que, ocurra lo que ocurra, por grande que sea la disparidad de pareceres entre las dos, aquello no debe en modo alguno –no iba a poder soportarlo y no está dispuesta a tolerarlo– repetirse jamás. Y le corresponderá entonces a Andrea asegurar y reiterar que nunca, nunca más.) Disfruta sobre todo de la última noche juntas en el hotel –era cierto que media cama bastaba para las dos–, enlazada Andrea a su amiga como un pulpo de múltiples brazos tentaculares, los dos cuerpos acoplados de forma perfecta, en una postura que tal vez resultaría con cualquier otra persona incomodísima y que no van a poder, no van a querer, repetir luego con nadie (siempre Andrea en futuras experiencias, y serán muchas, y a lo largo de toda su vida, se negará después del amor, y aunque lo hayan hecho de las formas más delirantes y desenfrenadas, a seguir compartiendo el resto de la noche la cama con su pareja), que las sumerge en un sueño cálido y placentero, en el que no pierden, sin embargo, por entero la conciencia de seguir la una en brazos de la otra.

A su regreso, y contradiciendo, como ocurre con frecuencia, los temores de Inés (preocupada incluso por las consecuencias más remotas e improbables de sus actos, ampliando siempre con desmesura los límites de su presunta responsabilidad, «hasta capaz eres», se burla Andrea, «de sentirte personalmente culpable si llueve, por ejemplo, el día en que se había programado una excursión, como si incluso los agentes meteorológicos corrieran a tu cargo, ¡y después dices que tengo yo vocación de diosa!»), comprueban que a na-

155

die le ha extrañado que –terminada la tesis de una y el curso de la otra y no teniendo ninguna de las dos nada que hacer en Barcelona– se hayan demorado en París más de lo previsto. De nuevo –dispersos sus padres y sus hermanos por distintos puntos de veraneo– sólo Strolch, en Villa Médicis, ha echado de menos y recibe con entusiasmo inalterable, a prueba de cualquier tipo de abandono, a Andrea, y piensa ella con un punto de tristeza y de asombro, tal vez también de miedo, que, por primera vez desde que se lo regalaron de cachorro, se ha olvidado por entero de él, único ser en el mundo del que se sabe responsable, y ni se le ocurrió asegurarse de quién iba a cuidarlo durante su ausencia ni ha telefoneado luego para averiguar cómo estaba.

Víctor, que se mantiene en la cima de la euforia que reflejaban sus postales y su carta, entusiasmado –y sería difícil establecer en qué orden– con el renacimiento italiano, con Toscana y con Ingrid, la muchacha canadiense, ha ido a recogerlas en su coche al aeropuerto y, sin dejarle casi tiempo a Andrea para pasar por su casa e, incapaz de tan pronto volver a abandonarlo, recoger a Strolch, las ha sentado en su habitación –a puerta cerrada y a salvo de interrupciones, los padres están en la consulta y sólo queda en casa la criada– y les ha comunicado que ahora sí tiene la certeza de que el arte abstracto, aunque no deba ser en modo alguno proscrito –lleva razón Andrea cuando defiende que en este mundo ya tan restrictivo no hay que prohibir ni proscribir casi nada, tal vez ni siquiera los toros–, sí va a ocupar antes o después, con la debida modestia, el lugar que le corresponde dentro del ámbito de las artes decorativas. Les ha descrito la belleza, casi escandalosa a fuer de desmesurada y excesiva, de Florencia, vista, por ejemplo, desde el mirador del Piazzale Michelangelo –es maravilloso ascender la colina y llegar a lo alto en el preciso momento en que se pone el sol sobre el río, sobre las cúpulas de las iglesias, sobre los palacios–, o, si uno ha pasado la noche entera en blanco –haciendo el amor o conversando, o mejor, y éste ha sido su caso, haciendo alternativamente el amor y conversando–, en el amanecer. Les ha expresado su estupor ante los frescos de Masaccio en el Carmine, que, pese a su avanzado grado de deterioro –hablan de restaurarlos y no le parece a él mala la idea–, le han dejado estupefacto por lo que innovan, por lo que suponen de salto en el vacío, ese salto en el vacío que sólo dan los genios y en el que radica precisamente su genialidad, y han hecho que se le saltaran las lágrimas (¿quién va a llorar ante un Tàpies o ante un Mondrian?, ¿y a quién le puede interesar un arte que no hace llorar?), su estupor ante las fabulosas rameras fellinescas que se apostan, al llegar la noche, en la Logia de las Lanzas, al pie mismo del *Perseo* de Cellini (un tipo tan canallesco como genial, ¿y a quién le importa la vida privada de un artista?, ¿qué puede tener que ver el talento con la virtud?), de modo que el conjunto –prostitutas fellinescas y esculturas renacentistas, en la plaza más hermosa del mundo– participa de un mismo aliento vital, fundidos arte y vida de un modo en que nunca lo están en los museos. Les ha contado con pelos y señales su historia de amor con Ingrid, una muchacha inverosímil como un milagro, no sólo por lo muy guapa que es y lo muy inteligente, sino también porque, cuando un chico le gusta mucho, o todavía mejor cuando se enamora –como se ha enamorado de él–, disfruta de veras, sin remilgos ni gazmoñerías, con el sexo –no ha conocido a ninguna chica que haga con tanta alegría el amor–, lo cual, contra lo que muchos pretenden, no es fácil de encontrar aquí, ni siquiera con las universitarias, que parece te estén haciendo a ti un favor y hasta capaces son de luego preguntar «¿Qué pensarás ahora de mí?», y peor todavía Andrea, que siendo heterodoxa y rebelde y audaz en el modo de pensar y de expresarse, siendo maestra en el arte de la seducción, porque coquetea incluso con su propia sombra, se echa en el último momento atrás –cuando ya tiene a los pobres tipos medio locos–, abre de repente entre ella y los hombres espacios siderales, como si de una ursulina se tratara, lo cual (y ni se les ocurra tacharle de machista, ¿cómo iba a ser machista un hombre al que le gustan tanto las mujeres?) le parece a él un lamentable desperdicio.

Y salta Inés que sí es eso machismo, claro que es machismo, tanto en él como en Arturo, que dice en ocasiones respecto a las mujeres cosas similares. Y protesta Andrea que ella no hace nada deliberado para seducir a nadie, no se considera vanidosa, la irrita incluso –la ha irritado desde la adolescencia– no poder entrar en un lugar sin que se fijen en ella, no poder andar tranquila por la calle sin soportar miradas y palabras insolentes –por cada piropo gracioso un montón de obscenidades–, tener de continuo ese zumbar de inoportunos moscones a su alrededor: un auténtico engorro soportar el asedio de individuos que le desagradan y que no ha tenido ni la más remota intención de seducir, soportando además, por esa causa, el encono y la enemistad de muchas mujeres. Y la acusa ahora Inés de mentirosa, o de mentir a medias, ya que, si es cierto, y no podría ser de otro modo, que la molestan y ofenden los hombres que la agreden por la calle, y admitiendo incluso que la fastidie de verdad el zumbar de moscones a su alrededor –y es mucho admitir, pues si tanto la incomodaran se desharía de ellos siempre, como lo ha hecho ahora con los «mariachis» en la universidad–, es indudable que coquetea, sea de ello consciente o no, con todo aquel que se pone a su alcance, hasta con los camareros y los taxistas. Y cambia Andrea bruscamente de tema y le pregunta a Víctor si le va a regalar uno de los retratos de su hermana que ha encontrado en un cajón del cuarto de jugar, y se ofrece en compensación a servirle de modelo. Y dice Víctor que bueno, y que va a hacer la composición de la que ya les ha hablado en otras ocasiones, aprovechando lo muy distintas que son ambas muchachas, un cuadro sobre el Vicio y la Virtud, sobre el Amor Sacro y el Amor Profano; no podría encontrar para ese tema modelos más adecuadas. Y entonces, cuando parece que ya se ha hablado de todo, que ya se ha dicho todo, comunica a Inés y a Andrea que, a pesar de que no les ha dado todavía la noticia a sus padres –son ellas las primeras en saberlo y va a ser un bombazo, cuenta con la ayuda de las dos–, no se va a matricular en tercero de medicina, sino que va a dedicarse por entero y exclusivamente a pintar.

159

Pero en Víctor empiezan y terminan los personajes del mundo de Inés que Andrea aprecia y está dispuesta de buen grado a aceptar, y si, desde la siniestra borrachera en París, se ha mostrado contenta y más cariñosa que nunca y relajada, como si la discusión en el restaurante a orillas del Sena se hubiera desvanecido en la nada o no hubiera tenido siquiera lugar, ahora, cuando, transcurridos unos días, le propone Inés, aprovechando que los padres van a pasar el fin de semana en la masía y podrán disponer ellas libremente del piso, montar la fiesta de amigos para la que han traído los vinos, y los quesos y patés, se ensombrece la mirada de Andrea y crispa los labios en una mueca enfurruñada. E inquiere Inés, ya a la defensiva: «¿Qué ocurre ahora, Andrea? ¿Qué es lo que te parece mal? Sabías bien que iba a celebrarse esta cena con nuestros amigos.» Y Andrea: «Dirás con tus amigos.» E Inés: «Que también podrían ser los tuyos, ¿no? Al principio los ignorabas, pero luego, cuando te sumaste a la tertulia del bar, parecieron caerte bien y creí incluso que te interesaban sus discusiones.» Y Andrea: «Eso fue antes de que me diera cuenta de hasta qué punto eran pedantes y engreídos, antes de que comprendiera que me creían, me creen y me creerán siempre una criaja estúpida, malcriada y esnob.» E Inés: «No puedes saber si es eso lo que opinan de ti. Y yo, por mi parte, estoy más que dispuesta a conocer y a tratar a tus amigos.» Y Andrea, melodramática, con deliberada amargura: «Sabes que no tengo amigos, sólo relaciones superficiales y moscones.» E Inés: «¿Y amigas?» Y Andrea: «Ya te expliqué una vez que nunca me he llevado bien con las mujeres, empezando por mi madre, o, mejor, que ellas no se han llevado bien conmigo, siempre estableciendo relaciones competitivas o temiendo que les quite los maridos y los novios.» E Inés no termina de entender eso, pues le parece que ella en esta vida podría prescindir de muchos elementos, incluidos tal vez, y los sabe importantes, la relación de pareja y la maternidad, pero tiene la profunda certeza de que no iba a lograr sobrevivir sin amigos de uno y otro sexo. Imposible para ella fantasear, como hace a menudo Andrea, una vida sólo a dos, y, por otra parte, ha considerado siempre una patraña, una de tantas falacias inventadas por los varones, la tesis según la cual las mujeres no pueden mantener relaciones importantes de amistad (no se trata aquí de amor) entre ellas, porque privan siempre en estas relaciones los celos, la competitividad, la envidia, y le produce siempre cierto desagrado, un punto de vergüenza ajena, por lo que implica de ridícula vanidad, oírla en boca de mujeres, y es mucho peor todavía oírla en boca de Andrea.

CAPÍTULO TRECE

La cena se celebra por último el sábado siguiente –no iban a aguantar más los quesos y patés–, y, aparte de dos chicas y un chico a los que Andrea no ha visto nunca y que pertenecen, supone, al círculo familiar, a otro ámbito y a otra época anteriores (se enterará más tarde de que son, en efecto, amigos de infancia de Víctor y de Inés, cuyos padres han subido también a la masía), asisten todos los miembros asiduos a la tertulia del bar de la Facultad, incluido Ricard, que acaba de regresar de Palma de Mallorca y, ahora sí en vísperas de las oposiciones, no sale de la residencia bajo ningún pretexto, salvo para comprarse cigarrillos –no ha conseguido finalmente, él, tan voluntarioso y tan aprensivo, dejar de fumar, y ha decidido además que no es éste el momento más indicado para volver a intentarlo– y el periódico, ajustándose, con más rigor si cabe al habitual, al horario de trabajo anotado supuestamente en un bloc, que marca las pautas de su vivir y le permite sentirse más seguro, mejor resguardado de los innumerables conflictos y disgustos, imaginarios o reales –son muchos más los imaginarios que los reales–, que le acechan, pero que ha hecho hoy una excepcional transgresión, se ha saltado una velada entera de trabajo y ha puesto en peligro su rendimiento de la mañana siguiente –no soporta sin graves repercusiones trasnochar–, porque el deseo de reencontrarse con Inés, a la que no ha visto durante semanas, ha podido con todas sus reservas y cautelas, lo cual supone en un tipo como él una prueba de amor inusitada, el colmo del arrebato pasional, muy superior sin duda a lo que supone para otros cruzar a nado el Helesponto o lanzarse a la busca y captura del grial. De modo que ahí está, para asombro de sus amigos –Inés incluida–, con su aspecto enfermizo de costumbre y, sea por el estrés de las oposiciones o por volver a verla a ella, enormemente nervioso.

Arturo, el poeta aragonés, ha acudido una vez más sin su mujer –que ha dado a luz hace muy poco un segundo retoño, en esta ocasión una niña, y que ni se encuentra todavía repuesta del parto ni tiene dónde dejar al bebé–, y no es capaz de hablar ya de otra cosa que de la revista literaria cuyo número cero prepara para septiembre y que debe dar enseguida a la imprenta. También Pilar ha acudido sola, como de costumbre, y como de costumbre pálida, ojerosa y descuidada –tiene peor aspecto incluso que Ricard, aunque sospecha Andrea que ambos vivirán mil años y les sobrevivirán a todos–, el ceño fruncido y la amargura asomándole a los ojos y dibujándole un rictus patético y feo en la comisura de los labios, pues, aunque ha acudido a la fiesta con la secreta esperanza de que asistiera Ricard y de tener así ocasión –no existe otra– de encontrarse con él, ha descubierto enseguida que, más dolorosa incluso que la ausencia, es verle pendiente hasta tal punto de otra mujer, dispuesto a saltarse sus rigurosas normas de conducta, e incluso, piensa ella, a ponerse en evidencia, porque, aun siendo siempre extremadamente pudoroso y reservado, tan reacio a manifestar sus sentimientos, tan temeroso de perder el control de una situación y de arriesgarse al ridículo, parece hoy un hombre distinto, y está, desde que ha llegado, comiéndose literalmente a Inés con los ojos, sin atender a nada más de cuanto acontece a su alrededor, sin participar a derechas en la conversación, sin enterarse siquiera, piensa ella, de lo que se lleva a la boca, porque –e Inés hubiera debido recordarlo y preparar para él algo especial–, ¿desde cuándo ha bebido Ricard alcohol, o cualquier otra bebida que no sea leche o agua sin gas, y desde cuándo han podido soportar su paladar y su delicado estómago –Pilar es la única que cree a pies juntillas en sus achaques– esos patés cargados de especias, esos detestables y apestosos quesos azules, que van a sentarle con toda certeza fatal?

Y en esa fiesta de finales de julio, en esa noche calurosa y extraña (ante el desconcierto y la incomodidad creciente de los tres muchachos a los que Andrea no conoce y que proceden obviamente de otra galaxia, y que se estarán preguntando, estupefactos, si las reuniones que monta Inés, quién lo diría en ella, deben de ser siempre así, y por qué demonios los habrá invitado en lugar de enviarlos simplemente al cine, y sobre todo qué pretexto van a inventar para escapar de allí en cuanto puedan) el cuarteto de los asiduos a la tertulia, o, mejor, el quinteto, pues hay que incluir obviamente en la lista a Inés –que es la que guardará una mayor dosis de cordura y de buenos modales casi hasta el final–, o el sexteto, si incluimos asimismo a Andrea, va a perder sin que se sepa exactamente la razón –¿por qué esta noche y no cualquier otra anterior?– el norte y el seso. Xavier, que ha optado siempre prudentemente por dejar a su pareja en casa (aunque se trate de alguien tan discreto y encantador como el muchachito rubio y angelical con el que convive desde hace más de dos años) y por asistir en solitario a los festejos, se ha presentado hoy, ante el estupor general, con un mocetón mulato, musculoso y peludo –la blusa de seda blanca abierta casi hasta la cintura y un complicado tatuaje en el antebrazo izquierdo, recién llegado de una isla caribeña, que no abre la boca más que para comer y beber y bostezar, ni siquiera para reír o sonreír, porque no sabe probablemente ni jota de español y no debe de entender nada de cuanto allí se dice, que tampoco parece, por otra parte, interesarle lo más mínimo–, y les explica exultante que se trata de un hallazgo sensacional, un diamante en bruto, una inteligencia natural muy por encima de lo común, una exquisita e innata sensibilidad; inteligencia y sensibilidad que no han encontrado, sin embargo, terreno en el que florecer y desarrollarse, ambas poco cultivadas, ambas clamando por una educación acelerada, que él ha aceptado con gusto, es más, con entusiasmo, el compromiso de asumir (nadie se atreve a preguntarle qué opina acerca de eso, porque habrá tenido por fuerza que enterarse, el jovencito que comparte con él te-

165

cho y cama, y si también él está encantado con una historia que es obviamente, para bien y para mal, algo muy distinto de los sórdidos apareamientos con tipos reclutados en las saunas o en los bares gays, a los que jamás se le ocurriría traer allí ni presentarlos a los amigos), al tiempo que escribe para él (pues resulta que el mocetón mulato del tatuaje, aunque se parezca más al boy estrella de un musical porno o a una de las parejas que exhibía Mae West en los años veinte, es un aspirante, o tal vez lo sea Xavier por él, a actor con mayúscula) una pieza teatral –desde luego en catalán, ni falta le hace al otro para nada aprender castellano– al servicio de su lucimiento, donde se pondrán de manifiesto sus extraordinarias posibilidades y que lo catapultarán de un envión a la cúspide de la fama.

Y escuchan los demás perplejos, y tomarían todo el romance, obra teatral incluida, a chirigota, de no ser porque a chirigota habían tomado, desde que le conocieron, el talento literario de Xavier –que fuera un buen profesor y un excelente traductor no tenía nada que ver con el talento creador–, hasta el día en que se animó a leerles sus poemas, y los dejó estupefactos, con serias dificultades para entender y para admitir que un personaje como él, tan discreto, tan gris, y hasta un punto untuoso y clerical, fuera capaz de escribir algo tan bueno, mientras que Arturo, el poeta aragonés, dispuesto –dado que su otro empeño, subir al monte para iniciar la revolución, parece de día en día menos viable– a sacrificarlo todo a su carrera de escritor –desde el modesto pero sólido negocio familiar, que hubiera sido sin duda algún día suyo, hasta el bienestar de su mujer y de sus hijos–, capaz de haberse forjado, con muchísimas más dificultades que todos ellos y sin asistir a la universidad, una vasta cultura –no exenta, y él lo sabe y lo sufre más que nadie, de baches y lagunas, pero muy amplia–, capaz de defender, no sólo con vehemencia, sino también con genuina brillantez, sus teorías literarias, capaz de evaluar con justeza y precisión –sin ceder a la envidia ni a animadversiones personales– la obra literaria de otros, y capaz de tenerlos a menudo cuando habla –y habla bastante– pendientes de la penetración y originalidad de su discurso, no produce otra cosa que unos versos seguramente correctos, pero mediocres, hueros, descafeinados.

Andrea, para gran alivio de Inés, ha empezado con buen ánimo la velada, relajada, risueña, dispuesta, no sólo a ayudarla en sus funciones de anfitriona, sirviendo las bebidas y pasando las bandejas, sino incluso a disfrutar ella también todo lo posible, pero luego la llegada de Ricard –supuestamente inesperada, pero que temió desde un principio, más fuerte su aprensión que los deseos de Pilar por verlo aparecer–, y su actitud, su arrobamiento, ese modo de fijar la mirada en Inés (esa espontaneidad poco habitual en él, provocada acaso, piensa Andrea, aumentada más y más a medida que avanza la noche, por el efecto concertado de todos los medicamentos que le prescriben su deficiente salud y su hipocondría y la ingestión inmoderada de alcohol, al que no está acostumbrado y que bebe hoy –acrecentada sin duda su sed por el calor y por los nervios– como si de agua se tratara, sin otra razón seguramente que no tener al alcance de la mano –y también Andrea estima que se trata de un imperdonable descuido de Inés– un vaso de leche o de agua mineral), le han enturbiado, como a Pilar, el ánimo. O, más incluso que el arrobamiento de Ricard, sobre cuyo enamoramiento –a pesar de que le faltan datos, porque no tiene noticia del último encuentro en el bar Paradiso– no alberga la menor duda (la sorprende únicamente que ese amor, discretamente llevado a lo largo de todo un curso o tal vez de dos, se manifieste ahora en público con tan desvergonzada intensidad), la ha alterado primero la sospecha y luego la certeza de que a Inés ese arrobamiento bobalicón, aunque no corresponda a él, el hecho de que un individuo de las prendas y características de Ricard pierda por ella el seso y las maneras como un estudiantillo de secundaria, aunque ella por su parte no los pierda, no la deja por entero indiferente, halagada acaso, por imposible que parezca, su vanidad, pues, si bien rehúye esa mirada que la acosa obsesiva y descarada por todo el ámbito de la sala y no se aproxima al muchacho en ningún momento, sí se desliza entre los restantes invitados, discurre de uno a otro, con una sonrisa tonta prendida de los labios y con las mejillas arreboladas, y, cuando Ricard se anima al fin, se pone en pie, la sigue a lo largo del pasillo y la enlaza por el talle y se mete con ella en la cocina, no se advierte por parte de Inés protesta alguna, y, aunque regresa sola a los pocos segundos, lo hace con los ojos brillantes y el rostro encendido, más atractiva, le parece a una Andrea enfurecida y desesperada, que en cualquier otro momento.

168

Y mientras Pilar, que tampoco se ha perdido detalle de la escena y que también sospecha lo peor, se mantiene atrincherada en el rincón más oscuro, todas sus fuerzas concentradas en controlar su despecho, en retener a toda costa el llanto que pugna por asomar a sus ojos, porque teme que, si deja escapar una sola lágrima, va a desencadenarse una llantina que le inundará el rostro y la ropa y la casa, sumiéndola en un ridículo espantoso del que no se recobrará luego jamás y que jamás podrá perdonarse a sí misma, de modo que opta como mal menor por beber también sin tino y más de lo acostumbrado (aunque ella sí bebe a veces secretamente, en su habitación y a solas), Andrea siente una cólera salvaje, una ira descontrolada que le asciende por la espina dorsal y se le clava, como una banderilla de fuego, en la nuca, y teme que va a morir asfixiada o abrasada allí mismo, en medio de esa fiesta siniestra, si no consigue romper ya el arrobamiento de Ricard y sobre todo borrarle a Inés de los labios esa sonrisa idiota, a sus ojos obscena, tan obscena que la descalifica para representar en la alegoría de Víctor el personaje de la Virtud. De modo que se pone en pie y empieza a desplazarse de uno a otro invitado, con una sonrisa de oreja a oreja, mucho más amplia que la de Inés y dolorosa como un calambre, y con los ojos también más encendidos, como los de un niño malévolo que está llevando a cabo una broma, cometiendo una travesura que no es seguro resulte para los otros divertida, y bebe el contenido de todas las copas –restos de vino, cubalibre, gin tonic–, decidida a lograr la más miserable de las borracheras en el mínimo tiempo posible, un récord de velocidad –a pesar de que sigue sin gustarle todavía el sabor del alcohol–, y se siente, a la tercera o cuarta copa, despojada de su dolor, aunque no de su furia, se siente bruscamente liberada, flotando ingrávida entre personas y objetos, y empieza, a partir de la quinta copa, a estrecharles las manos y a acariciarles el rostro y a besarlos a todos, que la miran atónitos, incómodos y sin saber cómo reaccionar –los tres chicos a los que no conoce al borde del colapso–, y les repite lo muy maravillosos que son todos ellos, que van a cambiar el mundo, van a conseguir la revolución de la política, del arte y de las letras, desde su mesa del bar de la Facultad, la crema de la crema, la izquierda más izquierdosa de todas las izquierdas imaginables, tan puros que no pueden evitar mirar por encima del hombro al resto de los mortales, les repite lo mucho que les quiere, lo contentísima que está de ser su amiga, ¿a quién se le iba a ocurrir andar de aquí para allá pidiendo la luna, cuando se tienen unos amigos tan extraordinarios y cuando es tan maravillosa ya la realidad?

E Inés, a la que en efecto se le ha borrado toda huella de sonrisa en los labios y de resplandor en los ojos, la aferra por el brazo, le pide «basta, por favor», y se ha puesto tan pálida de repente, tiene el rostro hasta tal punto desencajado, parece tan angustiada, que Andrea se siente conmovida, a un paso de dejarse ganar por la compasión, vencer por la ternura, y le gustaría dejarse conducir hasta el cuarto de baño, dejarse echar agua fría en la cara, refrescar con colonia las muñecas, beber dócil una taza de café bien cargado, acostarse en cualquier cama a la que quieran conducirla, para disculparse luego, a la mañana siguiente, y que no haya sucedido nada demasiado grave, sólo la necia borrachera de una chica tonta que no sabe, porque no tiene costumbre, beber, pero está ya demasiado lanzada pendiente abajo para poder detenerse, la arrastra a su pesar la inercia vertiginosa de esa escena disparatada y melodramática y en el fondo absurda que ella misma ha montado, porque no ha podido sobreponerse a la sospecha de que Ricard e Inés se hayan besado en la cocina, no ha podido tolerar la imagen de Inés en brazos de Ricard, de modo que se libera ahora de la mano de su amiga con un gesto brusquísimo, una sacudida tan fuerte y tan inesperada que a punto está la otra de perder el equilibrio, y se dirige luego Andrea hacia Pilar, la única entre todos los presentes que no se muestra en absoluto molesta ni desconcertada, sino aliviada incluso, ya que este incidente imprevisto, como llovido del cielo, que agradece a la fortuna, a los dioses, incluso a esa burguesita pretenciosa e histriónica a la que detesta, ha venido a liberarla de su ansiedad, de modo que esboza involuntariamente una sonrisa, y Andrea desliza sus brazos alrededor del cuerpo frágil pero rígido, la besa, los ojos bien abiertos, en los labios, le susurra al oído: «No sufras tanto por él, boba, no es más que un pedante, un pobre ególatra obsesionado por sus ridículos problemas, incapaz de comprometerse y de arriesgarse en serio por nada –lo de hoy no cuenta, sabes, porque hoy está borracho y corremos el peligro de que no vuelva a estarlo en los próximos cien años–, incapaz de querer de verdad ni a ti, ni a Inés, ni a nadie.»

Y, a pesar de que se ha sentido esta noche más que nunca ignorada y relegada, más sola también, y a pesar de que la boca de Andrea le ha parecido asombrosamente suave, tiene Pilar un gesto de rechazo y de protesta, una mirada hostil. Y ahora Andrea se encoge de hombros, la suelta, la deja por imposible, apura hasta el final el vaso de la otra, lleno hasta los bordes de un cubalibre cargadísimo que ella misma hace poco le ha servido, y, tal vez porque está tan poco habituada todavía a beber como Ricard –todo su historial del alcohólico limitado a la única borrachera de París–, o porque la mezcla ha sido en sí explosiva, o porque ha bebido adrede a gran velocidad y sin haber comido antes apenas nada, la embriaguez total llega de golpe, la abate como un mazazo, invierte el tono de su ánimo, la arranca de la euforia artificial, de la placentera ingravidez, para sumirla sin transición en la más absoluta de las miserias, de modo que pierde coherencia en el hablar y control en los movimientos, y empieza a explicarles a todos, tartajeando, repitiéndose, que en esta mierda de mundo nadie quiere a nadie, cada uno obstinado en quererse únicamente a sí mismo, en quererse y odiarse a sí mismo, fascinado y asqueado a la par por la monótona contemplación del propio repugnante ombligo, que a ella al menos no la ha querido nunca de veras nadie (rechazando sin reconocer los rostros –sin discernir si entre ellos se encuentra el de Inés, ni importarle– a cuantos se aproximan con intención de ayudarla, de poner fin a ese delirio, pues resulta Andrea terriblemente patética en su histrionismo), que estaría dispuesta a dar su caballo y su reino y su vida y hasta su alma inmortal, caso que la tuviera, a cambio de una brizna de amor. Y, al cabo de unos segundos o de una eternidad, ha perdido el equilibrio y está en el suelo, a cuatro patas, una rodilla sangrándole, el pelo enmarañado, el rostro congestionado y sudoroso, envuelta en un cerco de confusas sombras, ladrando –o, mejor, aullando como un lobo–, la cabeza vuelta hacia lo alto, pidiendo a gritos roncos y salvajes la luna. Y luego, por fin, la oscuridad total y ya más nada.

CAPÍTULO CATORCE

A la mañana siguiente, Andrea despierta en casa de Inés, en la misma cama donde durmieron juntas una noche entera –fue hace apenas tres semanas y le parece ahora un hecho lejanísimo–, pero, al contrario de lo que ocurrió en París, tras su primera borrachera, esta vez la resaca es tremenda: tiene mal cuerpo, le duele la cabeza como si se la estuvieran serruchando en dos y siente en la boca, sequísima, un sabor amargo. Es Víctor el primero que entra en la habitación después de su despertar y, aunque le coge con cariño una mano, le da unas palmaditas en la mejilla y le dirige una mirada tierna, parece más divertido y curioso que preocupado o apesadumbrado. «¿Qué demonios pasó aquí anoche? ¡Toda una vida» (Víctor tiene diecinueve años, pero dice «toda una vida», como si estuviera a punto de cumplir los cien) «queriendo participar en una orgía y se produce en mi propia casa, con los aburridísimos amigos de mi hermanita, precisamente la noche en la que yo no estoy! Nada menos que tres abstemios profundos eligen precisamente esta ocasión para pillar una curda de antología, porque no fuiste sólo tú, sabes, el posma de Ricard y Pilar tampoco se sostenían en pie cuando yo llegué y hubo que acompañarlos a casa y ayudarlos incluso a meterse en cama.» Y piensa Andrea que lo que ocurrió la noche anterior puede calificarse de cualquier cosa menos de orgía, piensa que bien pudo ser la curda de Ricard única e irrepetible, pues tal vez agotó en ella ese gramo de locura que los dioses benévolos dispensan hasta al más cauto, planificado y aburrido de los mortales –o tal vez, se le ocurre con un estremecimiento, fue sólo un recurso, un pretexto, no del todo inconsciente, para animarse a expresar su amor a Inés–, mientras que por el contrario de abstemia profunda no tiene Pilar nada, porque, si no bebe ya ahora a escondidas y a solas, compulsivamente y sin placer –seguro que con mala conciencia y sin placer–, terminará haciéndolo en un día no muy lejano, pero se encuentra demasiado mal y está ella sí demasiado preocupada para ponerse a discutir con Víctor acerca de ajenas borracheras, y le supone ya un gran esfuerzo abrir la boca estropajosa –la lengua se le ha hecho enorme y le oprime el paladar– para inquirir si han regresado los padres y qué han dicho y si está Inés en la casa. Y le explica Víctor que sus padres no regresan de la masía hasta la noche, de modo que ni han dicho ni van a decir nada, puesto que no se van a enterar, y que Inés sí está, y horas lleva deambulando como alma en pena de un extremo a otro del piso y entrando a cada rato en la habitación para averiguar si ella ha despertado. Y quiere saber Andrea: «¿Te parece a ti que está muy enfadada conmigo?» Y Víctor se encoge de hombros y aventura que tal vez sí, porque, a pesar de ser inteligente y dárselas de liberal, no deja de ser una puritana y una estrecha. Y Andrea: «¿Tengo muy mal aspecto?» Y Víctor: «Espantoso.»

Y sale Víctor en busca de su hermana, y vuelve a cerrar Andrea los ojos, y le late el corazón apresurado y siente –ella, que, quizás por ser tan inconsciente, no le teme a casi nada– un miedo atroz, que la retrotrae –algunas veces le ocurre esto con Inés, aunque insista ella en que la diferencia de edad no cuenta para nada– a la infancia: no el miedo de la niña que ha cometido una fechoría y teme ser a causa de ella reprendida y castigada, sino el pavor de la criaja que sabe se ha comportado de algún modo impreciso mal y teme perder el amor de su mamá. Y, cuando oye que entra Inés en la habitación y se sienta a su lado en el borde de la cama, inquiere, sin abrir los ojos: «¿Estás muy enfadada conmigo?» Y se genera un silencio denso e interminable, y suena luego la voz de Inés, muy apagada, poco más que un susurro: «No lo sé, de veras no lo sé.» Y Andrea busca a tientas su mano encima de la colcha, la oprime entre las suyas, se la lleva a la mejilla y a la boca, la cubre de besos, y es la mano de Inés una mano inerte, que ni se resiste ni reacciona a sus caricias, y cuando Andrea se anima por fin a abrir los ojos, descubre en el rostro de su amiga, tenso, huellas de la ansiedad y el mal dormir, pero también cierto distanciamiento, cierta crispación que nunca ha visto en ella antes y que confirma sus temores. Y repite: «¿Estás muy enfadada conmigo?», y a continuación: «¿Te molesta muchísimo que te haya dejado en mal lugar delante de tus amigos?», y luego: «¿Dije acaso algo inconveniente respecto a nosotras dos?» E Inés, en un tono levemente sarcástico, ella, que no se muestra sarcástica apenas nunca: «No hablaste en absoluto de nosotras dos, sólo de ti misma y del desamor universal que te rodea, y en el que por lo visto me incluyes. Y no se trata de que me hayas dejado en mal lugar delante de nadie.» Y Andrea: «¿De qué se trata pues?» E Inés se calla, porque, agotada por las tensiones de la fiesta –la inesperada y casi pública declaración de amor de Ricard y el consiguiente berrinche de Andrea–, le supone un esfuerzo encontrar las palabras adecuadas e hilvanarlas unas con otras de forma coherente, pero sobre todo porque la invade la aprensión descorazonadora, acaso transitoria mas en estos momentos intensa, de que nada de cuanto diga va a resolver nada, de que no va a servir siquiera para mejorar o suavizar la situación, el miedo de que Andrea y ella –hasta hace poco tan unidas, tan compenetradas que ni siquiera precisaban de las palabras para entenderse– se estén refiriendo tal vez a cosas distintas mientras están utilizando las mismas palabras, o, todavía peor, que se resistan tramposamente a entender lo que está la otra diciendo. «En París me prometiste que una escena como aquélla no iba a repetirse jamás», murmura al fin, y, tras otra pausa: «¿Me puedes explicar qué demonios ocurrió anoche?», y sabe, antes de terminar la frase, que se ha equivocado, lo sabe antes de que Andrea se revuelva furiosa y proteste casi a gritos: «Eso no hace falta explicarlo, Inés, porque lo sabes tan bien como yo. Una cosa es tener la sospecha de que anda Ricard detrás de ti, y otra muy diferente verlo allí, agazapado en un rincón, sin prestar atención, sin atender a nada que no fueras tú, la mirada encendida, comiéndosete con los ojos, y levantándose luego como un relámpago para seguirte a lo largo del pasillo hasta la cocina. Y advertir sobre todo, eso fue lo peor, que tú, lejos de mostrarte asqueada y ponerlo en su lugar, como hubieras hecho de tratarse de Arturo o de Xavier o de cualquiera de tus amigos, participabas en su juego y resplandecías de contento», y luego, despreciándose por preguntarlo, pero incapaz de callar: «¿Qué hicisteis en la cocina?» E Inés, sin responder a la pregunta, doblemente irritada porque sí le dio Ricard un beso furtivo en la cocina y no anda por lo tanto Andrea tan desencaminada: «Aunque fuera verdad lo que dices, aunque fuera verdad que él me quiere, no veo por qué, entre yo o no en su juego, voy a sentirme asqueada.» Y Andrea, luchando por contenerse y por no perder los estribos, sabiendo que va a lamentar unos minutos después lo que ahora diga, pero desbordada y arrollada por los celos, por la furia irracional que provoca en ella la mera posibilidad, aunque remota, de que corresponda de algún modo Inés al amor de Ricard, incapaz de tolerar la imagen de ellos dos juntos, los cuerpos en contacto, besándose a hurtadillas: «Porque es un personaje repugnante. No se trata de que a mí me guste o me deje de gustar, que no me ha gustado nunca. Ricard es blando, escurridizo, ridículo, no te mira jamás de frente, ni siquiera tras el escudo de sus gafas de miope, tiene las manos permanentemente húmedas, es imposible que no lo hayas notado, habla con una petulancia insoportable, escuchándose sin parar a sí mismo, como si se creyera el centro del universo, cuando la mitad de aquello que dice no le interesa a nadie –quizás a la tonta de Pilar sí, pero no a ti–, está cargado de miedos, de aprensiones, de enfermedades reales e imaginarias. Es el prototipo de la peor burguesía provinciana, gente hipócrita, gazmoña, pendiente del aparentar y del qué dirán, profundamente retrógrada, por más que milite a veces, como es el caso, en un partido de izquierdas, gente zafia, aunque haya pasado con notas brillantes por la universidad, gente mediocre y aburrida a morir.» E Inés: «No tienes ningún derecho, por muy celosa que estés, a atacarle de ese modo. Es indigno de ti, es repugnante.» Y Andrea, herida en lo más vivo por la palabra «repugnante», que es sin embargo la misma que ha utilizado ella unos momentos antes: «¿Tanto te importa? ¿Estás dispuesta a defenderlo hasta ese punto contra mí?» E Inés: «No sé hasta qué punto te refieres, no sé siquiera adónde quieres ir a parar con ese cúmulo de disparates, pero es un buen amigo y sí estoy dispuesta a defenderlo.»

Y ahora Andrea se levanta de un salto, se pone a tirones, de cualquier manera, la ropa cuidadosamente apilada en una silla –muy propio de Inés, piensa, haberla ordenado la noche anterior al desnudarla como si se tratara de otra noche cualquiera–, se precipita fuera de la habitación, ante la pasividad de una Inés demudada, recorre como una exhalación el largo pasillo –en el que se cruza con un Víctor atónito al que ni ve ni saluda–, cierra de un portazo la puerta del piso, convencida de que no volverá ya nunca a trasponer ese umbral, baja los peldaños de la escalera de cuatro en cuatro –demasiado alterada para llamar y esperar el ascensor–, con furia arrolladora, como si escapara de un incendio o se aprestara a la inmediata toma de la Bastilla, y se encuentra de golpe caminando por la calle, bajo el sol implacable de un ardiente mediodía estival, desorientada y agredida por el repentino exceso de luz, por la multitud de personas que se cruzan con ella y la rozan o empujan sin mirarla, y, a los pocos pasos, se detiene aturdida, se apoya en la fachada de una casa, latiéndole las sienes, las piernas flojas, toda su furia y toda la fuerza que emanaba de ella reducidas en unos minutos a la nada. Y se da cuenta de que ha sido su desplante una bravata inútil, de que no podrá mantener por mucho tiempo, aunque se esfuerce –y ni siquiera va a esforzarse mucho en un intento que sabe destinado de antemano al fracaso–, su actitud digna y ofendida, porque no es capaz en estos momentos de su existencia –imposible predecir por cuánto tiempo– de concebir la vida sin Inés, no es capaz de resistir sin verla, sin tocarla, no ya el resto de sus días, sino ni tan siquiera las próximas horas, y siente que una ruptura entre las dos destruiría, al menos para ella, el equilibrio del universo, acallaría el canto de las esferas, y la dejaría boqueando patética, ridícula y patética, como un pez fuera del agua, privada simplemente del elemento en que respirar. Y la fulmina la posibilidad aterradora de que, en esta ocasión, pueda haberse enojado Inés de veras, más que en París, y de que pueda ser ella quien imponga –sin tanto ruido y furia, sin portazos y salidas melodramáticas, a su estilo callado– una ruptura que no deje ningún camino abierto para la reconciliación, y, aunque le ha hecho prometer cien veces que, ocurra lo que ocurra, no la va a abandonar nunca, se abre paso el temor, a cada instante más agudo, de perderla sin remedio.

De modo que –sin atreverse a tan pronto telefonear– se mete en el coche, conduce, distraída y apresurada, hasta la mejor floristería de la ciudad –aquella donde compra el padre sus rosas exculpatorias, de tallo largo y corolas sin abrir, cada vez que ha concitado, con motivo o sin él, el enojo de la madre– y hace que compongan, delante de ella y bajo sus indicaciones, un fantástico ramo donde conviven fastuosas orquídeas, casi obscenas en su ausencia de perfume y su carnalidad, con candorosas florecillas silvestres, y escribe primero: «*Laisse moi devenir l'ombre de ton ombre, l'ombre de ta main, l'ombre de ton chien*», pero teme que a su amiga –que ni siquiera comparte con ella su total devoción por Brel– le disguste hoy ese tono literario y desmesurado, que hace sólo unos días pudo haberle resultado entrañable y conmovedor, de modo que pide al dependiente una segunda tarjeta y escribe esta vez: «Ha sido un ataque de celos incontrolable. Olvida todos los disparates que he dicho y perdóname. Te quiero muchísimo.»

Inés se había puesto al teléfono cuando la llamó a últimas horas de la tarde anterior –si bien es verdad que eso no significaba gran cosa, pues Inés se ponía siempre al teléfono, era una de esas normas de conducta de las que no se apeaba nunca, y ambas ignoraban entonces que esta norma, como tantas otras, iba a abandonarla poco tiempo después– y, aunque se había negado en redondo, sorda a las súplicas insistentes y desesperadas de Andrea, a que se vieran enseguida (había asegurado estar simplemente agotada, exhausta tras las tensiones y conflictos de la noche anterior, conflictos y tensiones que provocaba Andrea, dispuesta a poner en peligro lo que fuera –y aquí había protestado ésta que no era cierto que los provocara, que se producían al margen de su voluntad, que a ella también le dolían muchísimo, pero había proseguido Inés su discurso sin escucharla–, tal vez porque le servían de estímulo y le suministraban la ilusión de vivir con mayor intensidad, pero que a ella literalmente la enfermaban), había asegurado que sí la perdonaba, que no estaba ya enfadada y que la seguía queriendo, claro está, muchísimo, e incluso, ante la pregunta inoportuna: «¿Has hablado con Ricard? ¿Te ha enviado flores él también?», lejos de enojarse, se había echado a reír: «Sí, también él me ha telefoneado para disculparse de la borrachera e inconveniencias de lo que llama su noche loca, pero no me ha enviado flores y, caso de que lo hubiera hecho, no hubieran tenido punto de comparación con las tuyas» (había callado, prudente, que no parecía Ricard demasiado contrito ni avergonzado, sino casi orgulloso, se diría, de su hazaña de la noche anterior, como si hubiera demostrado, ante los demás, ante sí mismo y sobre todo ante ella, que también era capaz, llegada la ocasión, de asumir actitudes viriles y comprometidas, incluso románticas, sólo lamentaba que una persona tan reservada y tan orgullosa como Pilar se hubiera puesto en evidencia mostrando en público una pasión que él no había hecho nada por provocar; había callado, sobre todo, que Ricard se había despedido con un «te quiero»), sí había estado Inés de acuerdo en que desayunaran juntas, en la granja de siempre, a la mañana siguiente.

Pero, a pesar de que le consta a Andrea que lleva su amiga buena parte de razón y que le sobran motivos para sentirse disgustada –no existe siquiera entre ellas dos un acuerdo explícito que les impida besarse donde quieran y con quien quieran–, a pesar de saber que lo oportuno por su parte sería dejar de comportarse como una estúpida, aceptar la demora impuesta por Inés de unas pocas horas –sólo va a tener que aguardar hasta la mañana siguiente–, comer algo en casa, meterse en la cama con un libro o tras ver un ratito la televisión, e intentar dormir todo lo posible –no está menos agotada y exhausta que su amiga–, para comparecer con su mejor aspecto y con buen ánimo al desayuno e intentar –es probable que Inés esté deseando lo mismo– dar el incidente por concluido y olvidado, no ha sido capaz de reprimir una respuesta negativa, una reacción que sabe equivocada (lanzada desde la velada anterior o acaso ya desde París por una pendiente en la que le va a ser difícil detenerse), tal vez porque no se siente con fuerzas para afrontar una noche sin Inés –no una noche sin ver a Inés, que de éstas ha habido muchas, sino una noche sin la certeza, que sólo adquirirá cuando la tenga delante, de que es el vínculo que las une indestructible, de que todo sigue igual entre las dos–, o tal vez sea también en parte un berrinche de niña malcriada, que lo quiere todo y ahora mismo, o un gesto melodramático que indique ante sus propios

183

ojos, pues nadie más que ella va a saberlo, que se arroga el derecho a decir la última palabra y que no acepta que sea otro quien establezca las reglas del juego. De modo que, en lugar de acostarse con un libro o sentarse ante el televisor, se había preparado un whisky, sin agua, sólo dos cubitos de hielo, y había ingerido con él una dosis triple del barbitúrico que suele tomar su madre antes de meterse en cama, pero que Andrea, que puede dormir diez horas de un tirón y retomar el sueño de inmediato cada vez que la despierten, no había probado nunca. Y ni siquiera ella misma hubiera acertado a explicar, a explicarse, el porqué de esa dosis absurda, excesiva e innecesaria, por muy alterada que hoy esté, para conciliar el sueño, y a todas luces insuficiente para acabar con su vida (no se habría tratado pues de un primer intento de suicidio).

Y ahora, en la granja contigua a la universidad, llena de estudiantes extranjeros que están iniciando los cursos de verano, ha pedido un suizo y unos bizcochos –en realidad el camarero se lo prepara y se lo lleva a la mesa en cuanto la ve entrar, sin necesidad de que lo pida–, en un intento de que todo se desarrolle como de costumbre, una mañana igual a tantas otras vividas en el pasado y sobre todo a tantas otras por vivir en el futuro, uno más de tantos desayunos compartidos, pues desea en estos momentos más que nada en el mundo que todo regrese a la normalidad, pero, apenas ha dado un sorbo al chocolate y ha sumergido en la nata uno de los bizcochos, la invaden las náuseas y comprende que la disparatada mezcla de alcohol y barbitúricos –que ahora lamenta haber ingerido– le va a hacer imposible tragar ni un solo bocado. De modo que vuelve a soltar el bizcocho, lo desmigaja, juguetea con la cucharilla y con la servilleta de papel, enciende un cigarrillo, cuyo humo, mezclado con el sabor amargo de su boca, sabe a demonios y aumenta su mareo. E Inés, que ha comenzado a hablar con voz tranquila de cuestiones banales –tal vez porque desea dar por zanjado el incidente y ha decidido que es mejor no volver a hablar siquiera de él–, interrumpe lo que está diciendo y la mira asustada: «Pero ¿qué te pasa, tesoro, te encuentras mal?» Y niega Andrea con la cabeza, demudada, pálida como una muerta, y, cuando le propone Inés acompañarla al baño, vuelve a negar, porque se siente tan mareada que teme que, en caso de ponerse en pie, vaya a caer redonda al suelo, sin que su amiga, tan frágil, sea capaz de sostenerla. E Inés, con una súbita aprensión: «¿Has tomado algo?, ¿qué demonios has tomado?» Y asegura primero Andrea no haber tomado nada, pero luego es tal el miedo de Inés, su sospecha de que pueda tratarse de algo mucho más grave, que opta por decirle la verdad y jurarle a continuación que no era una dosis peligrosa en absoluto, que no ha tenido ni la más remota intención de suicidarse. E Inés, menos temerosa pero atónita: «Entonces, ¿qué pretendías? No te entiendo, tesoro.» Y sostiene Andrea que tampoco ella lo sabe, que tampoco ella lo entiende. Y luego, en un susurro: «No puedo soportarlo.» E Inés, intentando mantener la calma ante lo que sabe se avecina: «¿Qué es lo que no puedes soportar?» Y Andrea brusca, enconada: «Ya lo sabes. Que estés con otra gente, que haya partes de tu vida que no compartas conmigo.» E Inés: «Eso es una chiquillada, una locura. La verdad es que bebes –tú, que no habías bebido nunca, porque ni siquiera te gusta el sabor del alcohol, porque no lo necesitas para animarte, porque no quieres parecerte en eso a tus padres– para castigarme. En París, en mi fiesta, en la noche de ayer. Te has tomado el whisky y los barbitúricos como venganza, porque no quise verte anoche de inmediato.» Y Andrea, elevando la voz: «Te parece una chiquillada y una locura porque no me quieres lo suficiente.» Y ahora Inés, que teme puedan oírlas desde otras mesas, se pone tensa: «No sé la cantidad de amor que puede ser para ti suficiente, no sé la clase de amor que necesitas, pero no voy a tolerar que me utilices para hacerte daño a ti misma a través de mí.» Y ahora Andrea se asusta, teme haber llegado demasiado lejos, se le llenan los ojos de lágrimas, pregunta con voz queda: «Pero ¿tú me quieres?» E Inés, desvanecido su incipiente enfado, le coge cariñosa una mano y le jura que la quiere más que a nadie, que la quiere muchísimo.

CAPÍTULO QUINCE

Hizo un calor de muerte aquel verano, en el mes de agosto, un agosto que Inés y Andrea, y seguramente también Pilar, a quien no habían vuelto a ver desde la fiesta fatídica y a la que imaginaban de vacaciones en su pueblo o enclaustrada en la residencia (Xavier y su nuevo novio, mudo y musculoso, andaban de peregrinaje por las islas griegas, desde las que habían enviado algunas postales de efebos bien armados, templos en ruinas y playas desérticas; y estaban Ricard y Arturo demasiado absortos y atrapados en sus personales peripecias para reparar en el tiempo –el primero en el tramo final de la preparación de oposiciones, inminentes ya, en el que interfería, y eso no figuraba para nada en su agenda, la imagen frecuente de Inés, y el segundo –había comparecido una tarde por la casa para explicárselo– en unos amoríos tumultuosos, su primera relación extramatrimonial, de hecho su primera aventura, pues no había existido nadie en su vida anterior al noviazgo, con una mujer varios años mayor que él, también casada, a la que había conocido en la sede del Partido –Arturo seguía asistiendo puntual a reuniones y asambleas, y seguía volviéndolos locos a todos con su rigor y su extremismo y su desvinculación de la realidad– y que dirigía, todavía ahora en casi permanente conflicto con la censura, una pequeña editorial de textos políticos, donde iba a publicar, aunque no encajara para nada en sus colecciones, una antología del poeta aragonés), recordarían siempre como una pesadilla, de la cual las temperaturas extremas, el asfalto reblandecido de las aceras, en el que se pegaba el calzado –como en esos sueños angustiosos y recurrentes donde uno intenta con desespero huir y no consigue avanzar un solo paso–, las calles casi vacías (salvo en las Ramblas y en el casco antiguo, atestados de turistas en grupo –España es diferente, España está de moda, Franco es ya poco más que un fantasma–, jadeantes y sudorosos, rostros y hombros abrasados y despellejados por el sol, cámaras fotográficas en ristre, que intentaban sin grandes resultados combatir el calor ingiriendo helados y bebidas refrescantes, o sumergiendo los pies en las fuentes públicas), el exceso de luz, el brillo implacable del sol en un cielo tenazmente sin nubes, que hacía esperar la noche como una bendición, sólo que, cuando por fin llegaba, las temperaturas bajaban apenas y seguía imperando un bochorno sofocante: pesadilla, pues, de la cual todo esto formaba una parte importante, aunque tal vez los sucesos hubieran sido los mismos o muy parecidos a cualquier temperatura y en cualquier estación.

Como en Villa Médicis sólo quedaban rezagados Strolch y una persona del servicio, y los padres y el hermano de Inés habían subido a la masía de los abue-

188

los, donde se congregaba en agosto todos los años una caterva de tíos y de primos que no tenían apenas ocasión de frecuentarse en el curso del invierno, y donde las aguardaban de un momento a otro, las dos muchachas se habían instalado unos días en el piso del Ensanche –un remanso de relativo frescor, un oasis de sombra, sobre todo en la parte trasera, en la galería donde las persianas echadas dejaban pasar estratégicas corrientes de aire, pero filtraban los rayos del sol, donde no se oían los trinos de los canarios, que la madre se había llevado consigo, ni el griterío del patio del colegio cerrado por vacaciones, por el que sólo merodeaban ahora, dueños del lugar, unos gatazos vagabundos, altivos y soñolientos–, unos días que debían haber sido únicamente tres o cuatro, el tiempo justo para que Inés terminara de ordenar la casa y recoger sus cosas, pero que, tal como había ocurrido en París (sólo que París había sido, con el paréntesis de la penúltima noche, una fiesta jubilosa, mientras que el piso del Ensanche, aunque parecía constituir para Andrea un refugio de ignorados males, el único lugar tal vez donde podía sentirse cómoda y a salvo en aquel agosto sofocante, se asemejaba para Inés cada vez más a un claustrofóbico encierro, del que no acertaba a descifrar los ocultos significados y que barruntaba podía llegar a ser incluso peligroso), se habían ido prolongando, a instancias de una Andrea taciturna y angustiada, paulatinamente más melancólica y encerrada en sí misma.

Inés se preguntará durante el resto de sus días si el mal se desencadenó a partir de la tarde en que telefoneó Ricard, explicando que se iba a Palma para pasar allí las dos semanas previas a las oposiciones y asegurando con vehemencia inusual en él –algún vestigio debía de restar pues de la noche de la borrachera– que le era imprescindible verla antes, aquella misma tarde, y habían salido juntos, y luego, al regreso de Inés y por espacio de unas horas, no mencionaron las dos amigas el hecho para nada, hasta que, ante la insistente y solícita pregunta de Inés, que se sentía en falta: «¿Pero qué tienes, pequeña, qué te ocurre?», había murmurado Andrea: «No me quieres lo suficiente.» Y había protestado Inés, los ojos repentinamente arrasados en llanto: «Te quiero muchísimo, tesoro, te quiero más que a nadie en el mundo», y luego, a la defensiva: «Pero empiezo a temer que, por mucho que se te quiera, nunca va a parecerte suficiente. Siempre querrás más amor, o un amor distinto, y conseguirás sentirte siempre, antes o después, frustrada y decepcionada. Y en este juego destructivo no tengo intención de participar. Juégalo, si quieres y si te lo permiten, con otros.» Y Andrea, agresiva: «¿Y con quién vas a jugar tú, con Ricard?» E Inés: «Ricard no tiene nada que ver con esto, no tiene nada que ver con lo que siento por ti.» Y Andrea, puesta en el disparadero: «¡Claro que tiene que ver, tiene que ver muchísimo, tiene que ver todo! ¿De qué habéis estado hablando?». E Inés, elusiva: «De nada en especial.» Y Andrea: «De algo habréis hablado. ¿Te ha propuesto que te casaras con él?» Y había seguido un silencio largo, la escasa capacidad y las mínimas ganas que siente Inés de mentir agotadas en el «nada en especial» de unos segundos antes, calibrando ahora si sería mejor decirle a Andrea sin tapujos la verdad –que sí le había propuesto Ricard que se casara con él, mas que habían tenido sus palabras un tono absurdamente imperativo y confiado, «si suspendo las oposiciones, lo volvemos a hablar, pero, si las saco, nos casamos enseguida», y no habían sido en absoluto románticas, «estoy más que harto de tener la familia en otra parte y alojarme en una residencia»– y optando por callar. Y había quedado Andrea perpleja primero y luego aterrada, como la persona que lleva tiempo hablando de una posible enfermedad letal, pero que únicamente cuando el médico le confirma que sí la tiene, advierte que no había creído ni por un segundo realmente en ella, que era tan sólo un juego de su mente para exorcizar fantasmas, y maldice el momento en que decidió consultar al doctor, como si fuera el diagnóstico de éste causa y no efecto de la dolencia, o como si hubiera sido al menos preferible seguir ignorándola un tiempo más. O si tal vez, se preguntará Inés el resto de sus días, habría comenzado el proceso de deterioro mucho antes, en un momento que es incapaz de establecer, o si habría estado la historia condenada al fracaso desde sus inicios, desde la mañana en que se detuvo Andrea junto a su mesa en el bar de la Facultad y la invitó a la proyección de *El acorazado Potemkin* y los documentales sobre China. Y se sentirá en el futuro Inés, alternativamente, mezquina y culpable –por no haber amado lo suficiente, por no haber arriesgado lo suficiente, por haberse dado cobardemente a la fuga, por haber permitido que naciera y se desarrollara un amor sin advertir que iba a adquirir éste unos grados de enfermedad y de locura a los que no podría ni querría corresponder, por el daño que le había hecho en definitiva a Andrea–, o enojada, porque le había correspondido sin remisión el papel de la mala en esta historia. Paulatinamente Andrea más encerrada en sí misma, negándose con obstinación, no sólo a subir a la masía, donde las esperaban impacientes y donde era siempre bien recibida (Víctor le había prometido incluso regalarle el más bonito de los retratos de Inés, se aviniera o no a posar para él), sino a poner los pies en la calle, salvo a solas con su amiga. En un par de ocasiones la había convencido Inés los primeros días para que se uniera a una salida en grupo, pero había permanecido Andrea todo el tiempo enfurruñada y ajena, sin despegar los labios para pronunciar palabra o para esbozar una sonrisa, alimentando secretos agravios, que podían consistir simplemente en que alguien miraba demasiado a Inés, la escuchaba o le hablaba en exceso, o en que no les habían correspondido –en el cine, en el bar, en el restaurante– asientos contiguos, y se había interrumpido así un mínimo contacto físico –un codo, una pierna– entre las dos, sin el cual se le hacía difícil sobrevivir, como si no pudiera aprehender por sí misma el aire imprescindible para respirar, o como si únicamente pudiera circular la sangre por sus venas, recargar sus pilas el corazón, en un estrecho contacto piel a piel, como si formara Inés parte integrante, imprescindible, de su propio cuerpo, un órgano vital para el que no se habían descubierto trasplantes. Y cuando Inés, ya porque tuviera algo imprescindible que hacer en el exterior, ya porque no soportara aquel encierro –materialización acaso del sueño de Andrea en el que se detenía el tiempo y empezaba para ambas la eternidad, sueño que Inés no había compartido nunca, que había tomado por una mera fantasía literaria, y que se estaba asemejando ahora, para las dos, más a un infierno que a un paraíso–, salía a la calle, quedaba Andrea desolada, mimando unos resentimientos que en momentos de lucidez sabía injustificados, atenazada por unos celos irracionales y difusos –le constaba que Ricard no había regresado a la ciudad y que no había nadie más en la vida de Inés–, de todos y de todo, que había dejado de controlar, de hecho había perdido el norte y no controlaba apenas nada: avanzaba por un sendero del que no cabía desviarse, en el que no podía detenerse ni recibir ayuda de nadie –y menos que de nadie de Inés–, y al término del cual sólo existía el vacío.

Andrea bebió los primeros días vino y cerveza –no había en la casa, Inés se había ocupado de que no las hubiera, otras bebidas alcohólicas–, y luego ginebra y coñac, que había conseguido quién sabía dónde ni cómo, que escondía en algún rincón de la casa y que ingería –tal vez en un cóctel del que formaban parte ansiolíticos y barbitúricos– a hurtadillas, aunque cada vez con menos precauciones para que su amiga no la descubriera, como si también esto careciera ya de importancia. Andrea se pasaba las horas en la cama, hecha un ovillo debajo de la colcha, la cara vuelta hacia la pared, de modo que no tenía Inés la certeza de si dormía o si estaba despierta, o sentada en un sillón, ante la persiana echada de la galería que le impedía la vista al exterior, semidesnuda, el cabello mate –había dejado de lavarse, había dejado de comer– pegado a la cabeza, el rostro inmóvil, incluso en aquellos momentos en que le resbalaban lentos los lagrimones por las mejillas. Y no parecía oír las súplicas ni las regañinas de Inés: «Pero ¿qué tienes?, ¿qué te pasa?, ¿qué podemos hacer, qué puedo hacer yo?, ¿quieres que vayamos a un médico?» Hasta que un día se había levantado Andrea de un salto del sillón, la había zarandeado por los hombros y había estallado con violencia extrema: «¿Qué me pasa? ¿Cómo te atreves a preguntarme qué me pasa? Pasa que te estoy perdiendo y que no lo puedo soportar.» E Inés: «Te estás comportando del peor modo posible, como si te lo estuvieras buscando.» Y Andrea, mirándola a los ojos: «Sí, lo estoy haciendo muy mal, pero haga yo lo que haga te voy a perder de todos modos, y no me da la gana ponértelo fácil.» Y había callado Inés, sin atreverse a negar nada, a prometer nada. Y Andrea, entonces, la había empujado hasta la cama, le había quitado la ropa y le había hecho el amor de una forma inédita entre ellas, salvaje, imperiosa, desesperada, como si quisiera hacerla gozar a la fuerza, aun a su pesar, como si quisiera marcarla a fuego para siempre, y luego, al terminar, había susurrado con odio: «Esto no podrás olvidarlo nunca, esto ni Ricard ni ningún otro hombre te lo podrán hacer olvidar.» E Inés, jadeando todavía, con voz entrecortada y tristísima, sabiendo que aquello era para las dos el final, que no habría reencuentro posible cuando se levantaran de aquella cama y emprendieran caminos divergentes: «Hay muchas cosas, Andrea, hay muchas cosas, mi amor, que no voy a poder ni a querer olvidar nunca.»

EPÍLOGO

Han transcurrido semanas, ha terminado aquel estío bochornoso que parecía no iba a tener fin, han dado comienzo las clases en la universidad y, aunque con cierto retraso -estaba perdido todavía Xavier con su amigo por las islas griegas, en las que había descubierto su genuina patria y que consideraba el único lugar donde podría en adelante vivir, y habían aguardado los otros su regreso–, se ha reanudado la tertulia en el bar de la Facultad, a la que se han sumado cuatro o cinco estudiantes de los últimos cursos o recién licenciados –alumnos de Ricard u oyentes de uno de los seminarios de Xavier: los mejor preparados, los más inteligentes o, al menos, los que consiguen mejores calificaciones y se muestran más curiosos e interesados–, que se mantenían los primeros días en un respetuoso silencio –que no tardarían mucho en romper–, como si hubieran sido admitidos, por especial benevolencia de los dioses, en un recinto sagrado.

Ricard ha conseguido, brillantemente y por unanimidad –nadie esperaba menos de él–, la plaza, a la que va a incorporarse en breve, pasando a ser el catedrático más joven de la Facultad y uno de los más jóvenes de toda la universidad. En esta ocasión, el evento ha sido ampliamente reseñado en la prensa balear –donde ha empezado a colaborar con unos artículos sesudos e indigestos, que se supone debían ser de divulgación–, e incluso, aprovechando que estaba con Inés un fin de semana en casa de sus padres, le han hecho entrevistas en las emisoras de radio locales y en un tris ha estado de aparecer en la televisión, convertido, ahora sí con pleno derecho, en hijo predilecto y preclaro de la ciudad de Palma. De modo que había regresado a Barcelona más autorreferencial y más pagado de sí mismo que nunca («Uf, habría que atarle por un pie a la pata de la mesa, no vaya a salir volando como un globo», había rezongado cáustico el poeta aragonés –malhumorado y hecho un manojo de nervios, porque temía haber embarazado por tercera vez a su mujer legítima y andaba con unos follones de cuidado con la editora maniacodepresiva, que en un arranque de sinceridad le había confesado al marido su romance, todo lo cual le restaba tiempo y concentración para acabar de montar el número cero de la revista y trabajar en sus propios poemas–, y tal vez Ricard, sobre todo si había algo de cierto en la historia del tímpano perforado y silbante, no lo había oído, pero sí lo habían oído todos los demás –incluidos los jóvenes estudiantes recién incorporados, que empezaban a poner en duda el carácter sacrosanto de la reunión– y habían sonreído, salvo Pilar, que, leal hasta la muerte, le había lanzado a Arturo una mirada asesina), y les había comunicado, el primer día que se reunieron, que iban a casarse Inés y él a mediados de noviembre (no había especificado, claro, que le había reiterado ella una vez más, la última en que le propuso matrimonio, que le profesaba un gran afecto y le valoraba muchísimo, pero que no estaba enamorada de él, incluso era posible que no hubiera registrado bien el dato o que lo hubiera borrado enseguida de su mente, y no había prestado asimismo atención a aquello que, en un arranque de honestidad muy propio de ella, había empezado a confesarle Inés de su concluida pero importante relación con Andrea, la había interrumpido, asegurando que no necesitaba saber más, y le había impuesto sólo la condición de que no volvieran a verse en el futuro, y ni siquiera en esto había manifestado excesivo empeño, y había quedado Inés en la duda de si esa actitud tolerante obedecía a una extraordinaria generosidad y capacidad de comprensión o si se debía al convencimiento de que una historia entre mujeres, aunque pudiera dar lugar a molestas habladurías, no tenía nunca, y menos cuando aparecía el varón adecuado, mayor trascendencia, del mismo modo en que estaba seguro Ricard de que llega el amor –llegaría sin la menor duda en este caso– después del matrimonio, y de que él sabe mejor que nadie, desde luego mucho mejor que ella misma, lo que le conviene a la muchacha), e Inés había añadido que estaban los amigos invitados a la boda, y había sonreído, un poco ruborizada y al parecer contenta, mientras todos la felicitaban y abrazaban, en absoluto sorprendidos, porque era el enlace de Inés y Ricard algo desde hacía tiempo previsto; únicamente Pilar, pálida y crispada, se había mantenido distante y había manifestado que ella no asistía nunca a bodas y no iba a hacer ahora una excepción, y Xavier, el único a quien la noticia había tomado por sorpresa, había apartado por unos momentos la atención de su novio moreno –que seguía sin decir palabra, ni en castellano, ni en catalán, ni en ningún idioma por los demás conocido, pero que había dado ahora un beso a la novia en la mejilla, de modo que algo debía de entender de lo que a su alrededor ocurría– y la había mirado atónito y consternado, tan ostentosa su desaprobación que cualquiera que no fuera Ricard se habría dado cuenta y se hubiera sentido agraviado, lo cual había obligado a Inés a girar la cabeza y mirar hacia otro lado, borrada de su rostro la sonrisa.

Y, unos días después, Ricard, que nunca ha estado más satisfecho de sí mismo –los dos objetivos de su vida, la cátedra e Inés, tan prontamente alcanzados–, pero aquejado más que nunca por multitud de achaques y dolencias, que habían amainado, sin que nadie, ni siquiera él mismo, reparara en ello, las semanas anteriores a las oposiciones y que han rebrotado ahora –en un curioso equilibrio compensatorio– con fuerza renovada, les está hablando de las catastróficas varices –estos días no habla de otra cosa que de las gloriosas peripecias de sus oposiciones y de su pésima salud–, que tendrá que operarse algún día, del tímpano perforado –y debe de ser eso verdad porque no oye ni entiende la mitad de las cosas que se le dicen–, de las amígdalas crónicamente infectadas, que habrá que extirpar inmediatamente después de la boda, cuando esté Inés a su lado para cuidar de él, y ha empezado a contarles que tiene la presión arterial alta y descompensada, y que por fin un nuevo médico se ha molestado en escucharle y en prestarle una mínima atención –todos los otros empecinados en que no es su salud tan mala ni son tantas sus dolencias–, y le ha indicado la conveniencia de a menudo controlarla, y ha empezado él a hacérsela tomar dos veces al día, por la mañana y por la tarde, luego tres, a horas distintas y, para mayor seguridad, en farmacias y dispensarios también distintos, «y ocurre», les explica, en parte consternado y en parte encantado con el descubrimiento, «que los resultados no coinciden en absoluto», y les enseña una libretita de hojas cuadriculadas, que lleva consigo –y que le mostrará, claro, en su próxima visita al doctor–, donde ha anotado, en columnas separadas y en distintos colores, las cifras de la presión, el día, la hora y el nombre de la farmacia o el dispensario.

Y se oye ahora, y a todos les sorprende, porque no ha asistido ningún día a la tertulia desde que empezó el curso, ni siquiera ha pisado el bar, y, atentos a las explicaciones de Ricard y a su libretita, no se han dado cuenta de que se acercaba a la mesa, la voz zumbona y displicente de Andrea: «Podrías hacer un estudio comparado, que demostrara el bajo índice de fiabilidad del instrumental de que disponen los centros médicos de la ciudad.» Y se echan a reír todos, con más ganas los estudiantes jóvenes recién incorporados, que, a pesar de respetar los amplísimos conocimientos de Ricard y de escucharle, cuando habla de política y sobre todo cuando habla de arte y de literatura, como si se tratara de un oráculo, empiezan a estar aburridos de sus melindres de enfermo imaginario, y les encanta, pues, que alguien, y si es una muchacha tan atractiva mejor (Andrea está muy delgada, se ha cortado el cabello, que lleva ahora en una melena con flequillo, ha regresado a los zapatos de altísimo tacón y a los maquillajes sofisticados), lo ponga un poco en ridículo. Y a punto está Pilar, que ha dirigido a la intrusa una mirada asesina, de salir en defensa de su héroe, casi un acto reflejo, adquirido a lo largo de los años y del que se le hace difícil desertar, pero Ricard ha cogido –no se sabe si en busca de apoyo o como prueba de posesión– una mano de Inés, y Pilar aprieta los labios y se traga las palabras que iba a pronunciar. Y le ha ofrecido Arturo su silla a Andrea, y le ha preguntado Xavier a qué se debe que no la vean ya nunca por la universidad. Y Andrea, de pie junto a la mesa –ha asegurado que lleva prisa y no ha querido sentarse– y sin apartar ni un solo instante los ojos del rostro de Inés, responde que ha abandonado los estudios, que va a casarse muy pronto –sí, subraya, antes incluso que Inés y Ricard– con un arquitecto amigo de su padre y que va a irse a vivir con él a Madrid, y dice un nombre, y lanza el poeta aragonés un silbido admirativo y burlón, pues se trata del nombre de uno de esos tipos ricos y famosos, un soltero de oro, mucho mayor que Andrea, que ha ocupado a menudo las notas de sociedad y aparece regularmente en las revistas del corazón. Y por unos momentos Andrea, silenciosa e inmóvil, espera contra toda razón un milagro, espera que Inés –que no se ha puesto ni una vez al teléfono desde el día de agosto en que se separaron en el piso del Ensanche, que no ha dado respuesta a una sola de sus cartas, que no acudió siquiera para verla al hospital– se ponga ahora en pie, suelte con un gesto brusco su mano de la de Ricard, aparte de un empujón la mesa, haga rodar botellas y vasos, y se vaya con ella, pero Inés, que se ha puesto muy pálida, se limita a murmurar –en voz tan baja que hay que adivinar las palabras por el movimiento de los labios–: «¿Por qué?» Y ahora Andrea sonríe, se encoge de hombros, se despide de todos con un gesto de la mano, da media vuelta y se aleja erguida, con paso elástico, entre las mesas del bar.

Impreso en Talleres Gráficos
LIBERDUPLEX, S. L.
Constitución, 19
08014 Barcelona